# 風の乙姫

竹本けい

TAKEMOTO Kei

文芸社

# 目次　『風の乙姫』

# 風の乙姫

# 1 生　誕

ある日、海面にぶくぶくと泡が湧いてきて、天と地の子、乙姫が生まれた。
乙姫は、最初から成人した女性の姿で生まれた。天と地と海を、自由に行き来する娘。天界からも、地上界からも、魔界からさえ、仲間を呼び寄せる事ができた。

この世は、未だ悪に支配されている。
しかし、世は明けようとしている。
そこで遣わされたのが、天の娘、乙姫である。
今は、まだ暗いが、いずれ夜は、明けねばならないのである。
その時は、いかなる事が起きるのであろうか……。

生まれたての乙姫は、海辺を静かに歩いていた。ベトナムの碧《あお》いアオザイのような、服を身に着けていた。

その時、海賊船とおぼしきものがやって来て、村人から略奪を働き、人まで拐《さら》っている最中だった。

乙姫は近づくと海賊たちを見た。

海賊たちは乙姫に気付くと、

「なんという美しい娘だ！　これも拐っていこう！」

と、皆で近寄って来た。

乙姫は、

「近寄るでない！　我は天の娘、乙姫なるぞ！」

透き通るが、するどい声を放った。

海賊たちは一瞬ひるんだが、笑い出した。そしてどんどんと大人数で、彼女を捕まえようと走って来た。

「けがらわしい者ども!!」

乙姫の手からは海草がぐんぐん伸びて来て、彼らを縛り上げた。

海賊たちはひるみはしたが次々と刀で海草を切り、また追いかけて来た。すると乙姫は、片方の手から水を噴き出させ、海賊たちを吹き飛ばし海賊船に戻すと、起こした大波で、海の彼方へ海賊船を追いやってしまった。

こうして拐われそうになった村人たちは救われ、盗まれそうになった物を取り戻せはしたのだが、彼らは乙姫に感謝するどころか、恐れをなして逃げて行ってしまった。

しかし乙姫は、そんな村人たちの為に、海に虹を架けて美しくしてから、去って行った。


乙姫は一休みしようと、〝小豆洗い〟の爺様の所へ行った。

小豆洗いの爺様は、小豆をシャカシャカときれいに洗って、乙姫のためにボタ餅を作ってくれた。乙姫は、ちょっと横になって休んでいたのだが、ボタ餅を見ると、やおら起きだした。

「コレだわ、コレ！　美味しいな〜。さっき、カッコつけ過ぎちゃってさあ、疲れちゃってさあ。モグモグ……。」

あら、あら……どうせなら、最後までカッコつけろよ……。

## 2　イジメ

みんなが寝静まる夜中の暗がりの中に、少年たちが数人たむろしていた。ゲームばかりしていたので、体力があり余っているのか、誰かを殴りたくてウズウズしている。酒まで飲んでいる奴もいる。いつも誰かを殴る。弱い仲間を……。母親が止めるのも聞かず、不良グループ仲間に加わり、殺される少年もいる。母親たちは嘆いている。自分の言うことより、不良グループの者の言うことを聞くと……。

そこへ、美しい天女のような姿をした乙姫が現れた。

「あら、君たち、こんな真夜中に大人数でお散歩？　普通、散歩は昼間にするものだけどね。私、この袋の中に着ぐるみ持っているの。これ着るから、レスリングしようよ」

みんな、馬鹿にしてゲラゲラ笑った。ゴリラの姿になった乙姫に、それぞれが向かって行ったが、誰もゴリラには勝てなかった。みんな驚いた。

乙姫は着ぐるみを脱いだ。すると再び彼らは向かって来た。乙姫は全員やっつけてしまった。

「あんたたちね、こんな夜中にウロついている暇があったら、ちゃんと勉強して、いっちょまえになりな！　いつまでも、親に甘えてんじゃねえよ！」

乙姫は、彼らを海草でグルグル巻きにして、軽々と空に舞い上がり、一人一人の家へ彼らを投げ落とした。

「うわ〜!!」

不思議なことに少年たちは屋根や壁を通り抜け、それぞれの寝床に落ちて布団が掛けられた。

「もう、やっかいな子たちだわ……フウ〜」

などと言いながら乙姫は、魔界の〝やぶれ傘〟にグチを言い、ろくろ首に酒をついでもらって、みんなで酒盛りをした。

妖怪踊りも中々おもしろかった。

## 3 子泣きジジイとのっぺらぼう

ことあろうに、いたいけない赤ん坊を虐待する者がいる。

空をゆるやかに飛んでいた乙姫は、姿を消してその家の中に入った。

すると目の前で、まさに父親とおぼしき男が、赤ん坊を虐待するところだった。

乙姫は、人間には聞こえない声で、

「子泣きジジイ！」

と、呼び出した。

「へ〜〜い！」

子泣きジジイは、その赤ん坊に乗り移った。

「オギャア、オギャア！」

子泣きジジイが乗り移ったとは知らずに、男は赤ん坊を虐待しようと持ち上げたが、だんだん重くなってきて、男は押しつぶされそうになった。

「う、うわあ〜〜!?」

男は、恐怖のあまり叫び声を上げた。

すると、赤ん坊の顔がみるみる変わってきて、子泣きジジイの顔になったかと思うと、男が幼い頃大好きだった、おじいさんの顔になった。

「あ……じいちゃん……」

男の顔はゆがんで、涙がポロポロこぼれた。

「じ、じいちゃ〜ん、じいちゃんの生まれ変わりだったんだね！　これからは大事にするよ、ゴメンよーゴメンよー」

男は、元に戻った赤ちゃんを優しく抱きしめた。


乙姫は、海の中を亀と泳いで遊んでいた。

そして海岸へ上がり、街の中を歩いた。と言っても、人にその姿は見えない。猫には見えていてこちらを見ている。あとは小さい子供も見ている。


乙姫はある一軒の家の中へと入って行った。

まだ新婚の部類に入っているこの夫婦は、妻が異常をきたしていた。背中に違う女……人間には見えないが、それがへばりついていた。

妻は男に、例のごとく様々なご馳走を並べ、無理にたくさん食べさせようとしていた。そして、男に四六時中つきまとい、ベタベタし、トイレに立てば入り口まで付いていく始末だ。

これが毎日続くので、男は身も心も疲れ果て、仕事にも支障をきたしていた。

男がトイレから出ると、また妻はベッタリくっつき、食卓まで連れて行く。

乙姫は呆《あき》れ果て、ある妖怪を手招きで呼び寄せた。

男は妻から、早く食べるようにせっつかれて、食卓で下を向いて座っていた。

妻は、

「どうしたのよ！　早く食べてよ！」

と、ソファに座りながら声をかけた。

すると男は、おもむろに振り返った。

「どれから食べればいいいんだい？……」

その顔には、目鼻も口も何も付いていなかった。つまり〝のっぺらぼう〟だ！

「ギャアー!!」

妻はひっくり返って驚いた。

男は座ったまま気を失っており、妻も気を失ってしまった。

妻に引っついた身知らぬ女は、剥がされたようになった。

「よくも、邪魔してくれたね！」

女は、乙姫に向かって来た。

「やかんづる！」

乙姫は呼んだ。

「なんだ——？」

すると、やかんの姿をした妖怪が突然、女の前にぶら下がったので、女は顔をぶつけたが、邪魔をされた怒りで、なおも飛びかかって来る。

次に呼び寄せたのは、

「砂かけばばあ！」

「あいよ〜〜」

砂かけばばあは砂をザッザとばかりにかけたので、女はヘタり込んで動けなくなった。

乙姫は諭すように、女に言った。

「あなたの夫は、新婚であったのにもかかわらず戦死してしまった。あなたも、その後寂しい思いを残したまま亡くなってしまった。その怨念が、あなたをこういう行動に駆り立てているのね。でも、この罪もない夫婦をこれ以上苦しめるのは、お止めなさい」

女は、おとなしく頷いて、立ち去る素振りを見せたが、乙姫の後ろを通るや振り向きざまにその首をしめた。するとろくろ首が現れて、自分の首を女の首に巻き付けた。女は苦しがって、手を放した。

乙姫が、窓の方を指さすと一条の光が現れ、誰かが近づいて来た。

それは、戦死した軍服姿の女の夫だった。

「あ！　あなた!!」

女は、立ち上がった。

夫は、にこやかに微笑みかけた。

「お前、こんな所で……人様の家で何やっているんだい？　なかなか来てくれないから、迎えに来たよ」

夫は、妻に手を差し出した。妻は立ち上がり、二人手をつないで消えて行った。

さて、夫婦は目を覚ました。

妻は、テーブルのご馳走を見た。

「あら、いやだ。私ったら、何をこんなに、ご馳走作ってたのかしら。家計も考えずに……」

そして夫に駆け寄ると、

「ごめんなさいね！　もう、食べるのはいいから、休んでちょうだい」

と、寝かせてやった。

妻は自分の頭や身体を、風呂できれいに清めた。

そこで、乙姫と仲間たちは、テーブルの美味そうなご馳走を余すことなく食べて、ワインやら酒やら、ウィスキーまでいただいて、

「いいよね、このくらい。お礼言ってもらえないし」

などと言いながら、みんなで歌ったり踊ったり、上機嫌で夜を明かした。

## 4 恋のゆくえ

あるところに、お人好しの娘・佳子《よしこ》が、OLとして働いていた。

同僚のたき江が、話を聞いてほしいから帰りに食事して帰ろうと言う。

たき江は、同僚で少し年上の光男が好きなのに、あまり振り向いてくれないことを佳子に相談した。

するると佳子は、

「そうなの？　きっと、うまく行くわよ！　大丈夫よ、きっと！」

などと励ましたが、実は自分の心の中をじっと見つめると、佳子自身も光男のことが好きだったのだ。

しかし相談された手前、友人であるたき江に、本当の事は言えなかった。

光男はとても女性にモテて、一日に何通も手紙をよこす人がいるらしいと、たき江からも聞いていた。

しかし本当は、光男も佳子が好きで、本当に好きだからこそ、ドギマギして真実を告げられないでいた。

実は、たき江は、常に光男を見ているので、彼が佳子を好きな事を見抜いており、それで彼を取られないようにと、佳子に相談を持ちかけて牽制していたのだった。

佳子と光男の恋のゆくえは、いったいどうなってしまうのだろう……。


これらを全部見て知っている乙姫は、ある天使を呼び出した。

「みち姉《ねえ》!!」

みち姉は佳子の幼なじみの、まゆみの姿になり、佳子が休日に散歩している時に近寄って行った。

「あら!? 佳子じゃない?」

佳子は、じっと顔を見ると、

「え? うわあ! ま、まゆみ? まゆみね!」

二人は手を取り合った。

「何年ぶりかしら!」

二人で公園のベンチに腰かけ、まゆみは佳子の恋愛へと話を向けて、佳子の話をじっと聞いた。

「あなたは、それで本当にいいの？　人生ではそうそう、そんなには好きな人に巡り会わないものよ。後悔しない？」

佳子は目を伏せた。

会社帰り、たき江がまた佳子に声をかけ、話を聞いてほしいと誘った。

その時一台の車が近づき、二人を無理やり車に乗せようとした。

たまたま近くを歩いていた光男は、その光景を目にした。

「ま、待て――!!」

光男が向かってくる。男たちは慌てて、女たちを車に乗せて連れ去ろうとした。

光男は、やむなく車の上に飛び乗った！

車は、どこまで行こうというのか!?

しばらくすると、他の車に道をふさがれたので、男たちは逃げた。

ショックでフラフラになった、たき江と佳子が、車から降りて来た。

たき江は光男に駆け寄り抱きつこうとしたが、光男は佳子に駆け寄り、

「大丈夫か！」

と、ギュッと抱きしめた。

たき江は唖然とした。

光男は、佳子に初めて自分の気持ちを言った。

「君が大好きだ！　もう離れないで！」

すると佳子も、ようやく自分の気持ちに素直になることができた。

「はい！　私もよ！」

二人が熱い口づけを交わしたので、たき江はヘナヘナと座り込んでしまった……。

二人は、可愛いらしい結婚式を挙げた。

姿の見えない乙姫と天使の、みち姉は、かぐわしい香りの花びらをその上に撒いた。

落ち着いた頃、佳子は、まゆみが結婚式に来なかったのをいぶかり、学生時代のアルバムを開いた。なんと、そこには！　クラス写真の上方に黒くふち取られたまゆみの写真があった……。

「ま、まさか……!?」

佳子は悟った。

（まゆみ……私の、幸せを願っていてくれたのね……）

悲しさと、喜びの入りまじった涙を流して、むせび泣く佳子であった……。

## 5 告白

あるところに、好きな女性に告白できない男がいた。いつも遠目で見ているだけで、女性にも男性にも人気のある彼女には、自分のような者はふさわしくないと考えていた。でもなぜか、その女性は……名前はユリという……時折り話しかけてくる。

「一男《かずお》君、この前の映画どうだった？　みんなと見に行ったよね」

「う、うん……。」

ユリの事が、あんまり好きなので、かえってしどろもどろになってしまう。

そのうち、他の男が来てしまう。

「ユリ！」

そう声をかけて連れて行ってしまうのだ。

今日こそ、告白しよう！　と、一男は、ユリの家の方へ向かったが、近くの公園でユリの姿を見つけた。しかし、今度は、女友達に囲まれていた。

ひるんでしまう一男だった。

いつも、そういう状態の一男を見て、風の乙姫は天使を呼んだ。

「翼《つばさ》お兄《に》い!!」

「ヨッ！　オッス！」

翼お兄いは、ロックバンドの格好でやって来た。

「よしわかった！　あいつだな！」

ある日、一男は、ユリを含めた友人たちと、ロックバンドのミニ・コンサートへ行った。翼お兄いが、歌っていた。
〽お前が好きなのに……なぜ、言えないんだ
お前が好き過ぎてさぁ、かたまってしまうオレなのサ
あい！　あい！　お前が好きだあ！
あい！　あい！　いい名前だぜェ
一生、はなすもんか！
誰にも、渡せねェぜェ!!

そして、翼はステージから下りて来て、一男をつかまえてステージに上げた。
翼「誰か、好きな子いる?」
一男「え!? あ……あのう」
翼「おい! 男なら、はっきりしろよ!」
一男「は、はい! います!」

会場は、オオッ!! となった。

翼「じゃ、一緒に歌おうぜ! 名前をちゃんと呼んで、もし会場にいたら、手を差しのべるんだ!」

一男は、頷いて、一緒に歌い始めた。

会場は、歓声に包まれた。

名前を、呼ぶところになると、

〝ユリ! ユリ!〟

一男は歌いながら、手を差しのべた。

翼がユリを迎えに行った。

翼「ユリ、きみは、誰か好きな人いる?」

ユリ「ハイ、います。」

翼「じゃ、三人で歌って、好きな人の名前を叫ぼう！」

ユリは名前を呼ぶ時、

「カズ！　カズ！」

と叫んで、一男に手を差しのべた。

翼は、二人の手を握らせた。

「どう!?　愛の口づけを！」

翼が歌う中、二人はぎこちない口づけを交わした。

会場は、大盛り上がり!!

乙姫は、

「さすが、翼お兄いは、違うなあ……！」

と、ため息をついた。

## 6 おしろいババアとぬらりひょん

ある家に教授がおり、遠方から生徒が教授を慕って訪ねて来ていた。

その生徒は女性だ。遠方から来ているということで、よく家に泊めてやっている。

しかし、日に日にずうずうしくなり、同じ食卓を囲みながら、先生にベッタリくっつくようになってしまった。

奥さんは、ついに限界を感じた。

「子供みたいに甘えて！　もう、今日は帰ってちょうだい！」

乙姫はいつものように、人には見えない姿でその場に立って見ていた。

猫には見えるのだろうか。乙姫をじっと見ている。

乙姫は、

「おしろいババア！　ぬらりひょん！」

と呼ぶと、

「ハ〜〜イ！」

とふたりが現れた。


奥さんに「今日は帰れ」と言われたのに、女子生徒は今日も泊まっていく気だ。

女子生徒が風呂に入っていると、教授が入って来た。

女子生徒はちょっと驚いたが、

「あら〜先生、来てくれたのォ？」

などと言っていたが、教授は次第に瓢箪鯰《ひょうたんなまず》のような妖怪ぬらりひょんに変わっていった。

「ヒャア〜〜!!」

ぬらりひょんは風呂に沈んだり浮かんだりして、つかまえどころがない。

女子生徒は、慌てて風呂場から逃げ出した。


教授の寝室のドアが静かに開いて、女子生徒が入って来た。

教授は、彼女を見ていた。

彼女は教授に近づくごとに、おしろいババアに変化していった。

「グ、グワ〜〜ッ!!」

教授は、失神しそうなくらい驚いた。

乙姫は、おしろいババアとぬらりひょんと三人で相談し合い、

「あんな優柔不断な男より、あの奥さんにはもっとステキな奴を紹介しましょうや」

「そうだ、そうだ!」

ということで、もっといい男と、あらためて結婚させてやった。

## 7 空き缶妖怪と、くノ一

あるところに、長年世話になった古女房を、空き缶のように捨て、別な女性と一緒になろうとしている男がいた。

その男が夜の帰り道、一人で歩いていると、何やらカラカラ、カラカラと空き缶が転がる音がする。

すると、みるみるうちに、その空き缶が集まって来て人の形となり、古女房の姿となり、男に襲いかかった。

「ウワ～～女房の化け物～～!!」

「ふふふ、そうさ……わたしゃ、お前の古女房の妖怪さ……長年お前を世話し、尽くしてきた私を、よくも捨てようとしたね！」

空き缶は不気味な笑い声と共に、一個ずつ、男めがけて飛んで来た。

「い、いたっ、痛い～～」

そこへ、乙姫が通りかかった。

「今日は、くノ一になるとするか……」

乙姫はそう呟くと、紅色の女忍者の姿になった。

「お止め！　空き缶妖怪!!」

すると妖怪は、クルッとこちらを振り返った。

「おのれ！　邪魔だてするな！」

空き缶妖怪は、乙姫にも空き缶を飛ばして来た。

くノ一となった乙姫は、クルクルと空き缶をかわし、手裏剣を飛ばして、空き缶の力をなくさせた。

しばらく、妖怪と、くノ一の戦いは続いたが、ついに、妖怪は力尽き、最後の力を振り絞ると、古女房の姿になり夫に抱きついた……。

「今まで、あなたに尽くしたこの私を、なぜ見捨てるの!?　あなた……あなた！」

すべり落ちるように、妖怪は消えて行った。

乙姫は、男を古女房の元へと吹き飛ばした。男は改心し、年取った女房の家事を自ら進んで手伝うようになった……。

## 8 ホームレス救済法

乙姫が街を歩いていると、ホームレスたちが何人もいた。男性も、年老いた女性もいたし、若い男性もいた。

（もう冬だというのに、いったい、どういう事なんだろう、生きていけるのだろうか。こういう人たちを放っておいて、何が文明国なんだ!!）

乙姫は、悔しくて悲しい思いをした。

その時、乙姫は店のテレビの画面に釘付けになった。アメリカで起きた台風か何かの自然災害であろうか、早く、食料やら、毛布やら、暖を取る物やら、救援物資を、届けないと、多くの人命が失われる。しかし政府は、会議やら、法案やら、何日も時間が、かかってしまう。その間にも、多くの命が……。

しびれを切らして怒った世界的俳優、ジョン・トラボルタが、自家用機に救援物資を乗せて救援に向かうところが映っていた。

また、女優のサンドラ・ブロックは、真っ先に日本の大震災に寄付を呼びかけた。

ジャッキー・チェンや孫正義、そして、多くの日本に住んでいない人達までが援助を呼びかけていた。何と感謝すべき、誇らしい人達だ！

しかし、現在も、すぐ身近なホームレスの人たちは、助けられていない。

苦しんでいる人を目の前にして、法律がどうだこうだとは……乙姫にとっては、それらはただの、どうだこうだにしか聞こえない。

法律がどうだこうだなら、新たに〝ホームレス救済法〟を作れば良い。

乙姫は、真に役立つ才能のある若者を、わざとホームレスにして、苦しみを体験させ、ついには大政治家に成長させた。

そして彼に、新たな〝ホームレス救済法〟を作らせ、もうホームレスで苦しむ人たちはいなくなったのである。

それからも乙姫は、次々と、非常に誠実で、賢く、勇気のある、本当の意味での大政治家をたくさん出現させていった。

## 9 大学の迷路

大学は、広いから迷路があるのだろうか。それとはまた別の話で、大学生の心の迷路の事である。

大学生は、高校を上がったばかりの十九歳からだろうが、まだ十代である。しかし、成人と言われる二十歳は目前だ。

二十歳になったからといって、突然、「お前は今日から大人だ」と言われても、急にスイッチを入れたように変わるものではない。しかし世間からは、「お前は大人だ」と言われる。十九歳だった昨日と、どう違うというのか……。

また、大学に行っても様々な授業があり、自分で選ばなくてはいけないが、選んでしまってから、

「エ？　こういう内容だったたの？」

と、いうこともあるだろう。

親に大枚をはたいてもらって行っているのだから、頑張らなくてはいけないのだが

……。

また、サークル活動というのもある。先輩と称する者たちに、酒を無理に一気飲みさせられて、それまで飲んだこともなかったのに、それでまた若い命を散らしてしまう話も聞く。

そういう、子供と大人の中間で、苦しみもがくのが、青年である。

どこの世界でも、すぐグループを作って群れたがる者達がいる。大学は、地元の人間ばかりでなく、親元をある日突然離れ、遠くから来て下宿したり、自炊生活をすることになっても、まだ何もできなかったりする。外食ばかりでは送金も底をつく。

そういう、急激な変化の中にいる、少年と青年の間の大学生の事は、世間からあまり心配されていない。大人？　だから、ということで……。

そんな中、グループを作ってばかりいる群れの中で、どこにも居場所もなく、ましてや除け者にされたり、馬鹿にされたりしたとしたら……？

ある日、乙姫はそういう青年、いや少年とバッタリ会った。

顔は青ざめ、思い詰めた表情をしている。腰になにやら、色々ぶらさげている。

乙姫は、彼が何をしようとしているのか分かった。

「あらっ君、どこへ行くの？」

青年は、ビックリした顔をしている。

「君、大学生？　大学って楽しい？」

青年は、首を横に振った。

「楽しくなんかない。嫌な奴ばかりだし、先生も、〝教授〟だなんて、いばりくさりやがって」

「でも、やりたい勉強、あるんでしょ？」

「そ……それは……あるけど……思っていたものとは違うし……大体、自分が、何をやりたいのかも、分からない……」

青年は暗い顔をした。

「そうよね。そんなに早く自分の人生なんか決められないし、明日の事さえ分からないというのにね」

「もう、何もかもが、嫌になった」

「人生、百年時代よ。まだ決めつけるのは早いわ。いつかオヤジになったら、若い頃の苦労話を聞かせてやればいいのよ。苦労した分、自慢できるようになるわ。さあ、色々ぶらさげている物を、私に預けて。ご飯ご馳走するわ。近くのお店へ行って、まず温かい物でも飲んで、美味しい食事でもしましょ。あそこのお店、焼き魚定食が美味しいわよ。隣のカレー屋さんもいいね」

「どうして、そんなに親切にしてくれるの？」

「あなたが、人生を急ぎ過ぎているからよ。おじいさんになるまで生きて、それから振り返って、自分の人生を考えてみましょうよ。あなたはまだ社会に出てないから、分からないでしょうけど、世の中には、意地悪な人もいるし、親切な人もいる。冷たい人もいれば、あたたかい人もいる。つっけんどんな人もいれば、事細かな人もいる……私も、今、それを色々体験しているところよ。

本当に、千差万別……いい人もいれば、悪い人もいる。逆に、いい人かと思えば、悪かったり、悪い人だと思ったら、いい人だったり……嫌な奴だと思ったら、本当は親切な人だったりね。何でも、決めつけるのは早いのよ。あなたと合う人に、出会っていないのかもよ。さあ、その色々持っている物を私に渡して」

彼は、色々持っている物を乙姫に渡した。

「ありがとう、言う事を聞いてくれて。さあ、ご飯おごるわよ。そうだ！　焼き肉を食べて、次はラーメン屋、その次は、えーと、えーと……」

「そんなに食べられませんよ、アッハッハッ」

青年は、初めて笑ってくれた。

乙姫は、もう何も食べられないというくらい色々食べさせてやった。バカ話もしたりして。青年はもう、自分が何をするためにアパートを出て来たのか忘れて、明るく笑っていた。

お陰で、彼を含め三人の命が救われたのである。

彼は自殺できずに、交番の人間に乱暴すれば射殺してもらえると思い、包丁やら、カッターやら、身の回りの武器になりそうな物をかき集めて、出て来ていたのである。

## 10 死刑になりたがる人

乙姫が街を歩いていると、悲鳴が聞こえた。

若い男が、通りの真ん中で刃物を振り回している。乙姫は近寄って言った。

「あんた、何してんの?」

みんな怖がって逃げて行くのに、逆に近づいて来て何気に質問してくるので、男は拍子抜けした顔をしている。

「オレを怖くないの?」

「さあねえ。いったい、道路の真ん中で何やってんのかと思ってサ」

「そ、そりゃあ、人を傷つけたり、殺したりすれば、死刑になれるかと思って」

「あんた、死刑になりたいの?」

「そうだよ、死にたいんだ」

「自分が死にたいからって、関係のない人まで巻き添えにしちゃあ、いけないでしょ。お姉さんが、一緒に行って頼んであげるよ〝死刑になりたいんです〟って」

「お姉さん、バカじゃないの？　頼んだからって、死刑にしてくれるわけないでしょ？　だから暴れてるんだから」

「でも、なんで死にたいの？」

「そ、そりゃあ、女にはフラれるし、仕事も失敗した」

「この間、女に三十二回フラれたという人に会ったけど、もう慣れちゃって〝あ、またか〟って、ケロッとしていたよ。あんたは、何回目？」

「オ、オレか……オレは、初めてさ」

「そうか、まだ免疫ができていないんだね。生まれた時から、何でも思い通りになってきたの？」

「…………」

「ところで、死刑の時、首つりになるって知ってた？　目玉も飛び出して、オシッコも漏らすんだってよ」

「…………」

「死刑台のスイッチを押さなきゃいけない人の気持ちを誰も考えちゃいないね。奥さんが妊娠している人とか、家族に病気の人がいる人とかには、やらせないんだってよ。あんただったら、何人くらいのスイッチ押せる？」

「ボ……ボク、帰ります……」

若い男は、刃物をカランと下に落とすと帰って行った。

## 11 女の生き方、男の生き方

女はこういう風に生きなくちゃいけない、男はこういう風に……などと、頑なに決めつけたがる事が多いだろうが、まあ、昔は特にそうであったろう。

しかし、現代においても、まだまだそういう事がある。

乙姫は、女友達の家でお茶をいただいていた。そこへ、その家のおばあさんが出て来た。

「これ、いつまで結婚しないでいるんだ！　さっさと、早く結婚しなさい！」

「急に来て、何を言い出すの。だったら、おばあちゃんが結婚したらいいでしょっ」

乙姫は、思わずプッと吹き出してしまった。おばあさんは、呆れて行ってしまった。

「おばあちゃんたら、この頃私の顔さえ見れば結婚しろ、結婚しろって繰り返すのよ」

「相手もいないのに、結婚しろって言われてもねェ。誰かいい人を紹介してくれるとかじゃないんだね」

「乙女ちゃんは、結婚したいの？」

「そうねぇ。白馬に乗った王子様が、森を抜けて迎えに来るのとか言う歌があるわよね。私、こう見えても、ロマンチストなんだ……」

「アハハ、ゲラゲラ!!……」

大笑いされてしまった。

「でもね、私、全員が私みたいに思うはずがないだろうとは予想できるわ。みんながみんな、白馬の王子様なんて考えていないわよね。それとも、小さい頃は思っていたけど諦めているのかな？　何かの研究や、仕事一筋に生きるということだってあるわ」

「でも、そういう人らも結婚している人が多いわよね」

「そうね、人を好きになる気持ちは、理屈じゃないからねぇ」

そこに、先程の、おばあちゃんが、また出て来た。

「そうかねェ……あたしゃ、やっぱり結婚しようかねェ……実は、趣味の会にイイ男が来ていてね。私と一緒になりたがっているんだよ。今から〝お嫁〟に行って来るね。家も近いんだ。じゃあね、バイバイ、お先に〜」

二人とも、目が点になってしまった。

「何回、結婚する気だよ」

「短い人生、幸せにならなくちゃね！　白馬に乗った王子様が、また来てくれたんだね」

乙姫は、おばあちゃんに、エールを送った。

## 12 同棲と結婚

同棲と結婚の何が違うんだ、という考え方もあるかもしれない。

しかしある女性は、結婚の約束をしていた男性の子供を宿してその事を告げると、「そんな事知らない。他に好きな女性ができたから、別れてくれ」

と、言われたそうである。

その女性は、泣く泣く別れて、子供はいったいどうしたらいいのだろうと途方に暮れたという。


結婚というのは、二人が共に家庭を築くという事である。宣言することだ。だからといって、一生長続きするとは限らないが、少なくとも責任が生じる。子供ができたのに知らん振りしたりする事は許されないし、女性も、一人で勝手に離婚はできない。

双方を、守るものなのである。

子供をひとり親だけで育てるのは大変な事だ。小さい子供を誰が面倒を見て、誰が働いて生活費を稼ぐというのだろうか。

世の中には、子育てに専念している人を馬鹿にする人がいる。働いていないと言うのだ。こんな馬鹿げた考えをするとは、自分がどうやって生まれて来て、誰に育ててもらったのか、忘れている人であろう。

乳の出る人は、赤ちゃんに母乳をあげ続けなければ、乳房が膨張して破裂しそうになったり、悪くすると乳腺炎になり、乳房を切り落とさなければならない場合もあるのだ。

自分の胸が膨張し張り裂けそうになる——どういう痛みや苦しみがあるのか、想像できる人は幾人いるのだろうか……。

育児ほど、大切なものはない。

人間は、教育次第でどのようにでもなるのだから、大きくなってから人類、社会にどのような影響があるか、計り知れない。

育児を馬鹿にする人は、自分を馬鹿にする人である。

育児に成功したと堂々と宣言できる人は、どれほどいるのだろうか。赤くなって首を振る人が、多いのではないだろうか。

それほど、難しいものなのである。相手は、感情も知性もある人間である。並大抵の力量では、うまく育てられない。

それは、自分を振り返れば分る事と言えよう。

自分がどれほど立派な人間であるのか？

子供は作らない、という夫婦もいる。二人共、仕事一筋にしたいということだ。

世の中には、様々なカップルがいる。

結婚したからといって、子供に責任を持つか、といえばそうでもない。特に昔は、避妊の方法が周知されていなかったり、堕胎が簡単に考えられていたり、男尊女卑の名残で、女性が軽々しく扱われてきた為、堕胎の際に大量に出血したり、悪くすると女性も亡くなってしまったり、あるいはもう妊娠できなくなったり、ということも閑《かん》却《きゃく》されたり、無視されてきた。知識も乏しかったであろう。

結婚となれば財産も二人の物という事になるので、何かあると財産分与の問題も出てくる。

その人たちの立場、立場で、同棲がいいのか、結婚がいいのか、決められるのだ。

冒頭に出て来た、結婚の約束をしておいて、赤ちゃんができた女性を捨てた男性の所へ、乙姫は行った。

男は、別の女性と喫茶店でお茶を飲んでいた。男はニヤついていたが、乙姫は相手の女性の顔を前の彼女の顔に見えるようにし、膝の上には可愛い赤ちゃんを座らせた。

赤ちゃんは言った。

「パパ、私を捨てるの?」

男は、ひっくり返らんばかりに驚いた。それ以来、男はすっかり女性運も悪くなってしまった。

シングル・マザーとなっていた女性の方は、両親や保育所の力を借りて、懸命に働き、その姿に惚れた誠実な人と結婚した。

## 13 麻薬

平和な現代、戦争ではなく、麻薬で身を滅ぼす人が増えているという。それも、若者の間で……。

母親の胎内で死を迎えてしまった命、いざ生まれて来たとしても、育つことができなかった命……こういう命が世界中にある。

ところが、運良く生まれ出て、育つことができて、少年少女から青年になって、わざわざ健康な身体に、麻薬……魔の薬を入れて身を滅すとは、勿体ないことだ。ちょっとのつもりが、抜き差しならないことになっていく……麻薬とは、本来病院で病気の人の苦しみを柔らげたりする為にあるという。

ある日、乙姫は、大麻の種を隠れて売りつけている若者を見つけた。自宅マンションの一室で育てネット販売もしている。多くの人に大麻を栽培させようとしている。

もちろん違法である。

乙姫は一応、玄関のチャイムを鳴らした。男が出て来ると、勝手に家の中に入った。

「あっコレか、大麻草の種は」

「な、なんだよ、お前」

「お前こそなんだ。こんなの売りつけて、みんなを麻薬中毒にするつもりか⁉」

「うっさい！　そんなことどうでもいい！　オレは、海外旅行をしたいから金が欲しいだけなんだ！」

「あんたね、今時海外旅行なんて、国内旅行より安く行けるのもあるんだよ。ちょっとは普通に働けよ」

「そんなの、めんどい」

「こんなこと、チマチマやってる方が、よっぽどめんどいんだよ。早道は、親孝行することだ。可愛い子供のためなら、ちょっとした海外旅行なんて安いもんさ。ついでに親も連れて行ってやると言えば、二つ返事さ。こんな、親不幸な事して、多くの人を中毒にして廃人《はいじん》にするなんて、お前、頭どうかしてるぞ。さては、お前もやっているのか？」

「うっさい！　お前も、中毒にしてやる！」

男は、飛びかかって来た。

「砂かけババア！」

乙姫が呼ぶと、

「アイ、アーイ！」

砂かけババアが、喜び勇んで現れた。

「こいつか、薬中《ヤクチュー》アンポンタンは！　こうしてくれる！」

ババアは、大麻草の種と、自分の砂をゴチャまぜにして、男の顔にぶっかけた。

「ギャー!!」

何も見えなくなった男は、フラフラしてあっちこっちにぶつかって倒れた。

倒れて大口をあけた中に砂と種が入って、みるみるうちに大麻草が育ち、男の身体をぐるぐる巻きにした。

男はもう、大麻草も種も見るのが嫌になって、大麻撲滅運動に参加し、中毒になってしまった人に対しては、普通の生活にどうやったら戻れるようになるのか、医療機関と連携を取り、活動を続けていった。

## 14 絵を描く

〝絵〟というものには、不思議な魅力がある。一度見ただけで、心に残るというものもある。

そういう絵が一枚でも飾られていれば、レストランにでも何度も足を運んだりする。病院でも絵があれば殺風景にならず、逆にきれいな絵がたくさん並んでいれば心が和み、さながら美術館のように感じる病院もある。

白いだけの壁、灰色の壁がただ、ずっと続いているというのは、何と表現したらいいものか……何もない……虚しさのような、いたたまれないような気持ちになるだろう。

そこに、美しい絵が並んでいるとしたら……。

〝絵〟には不思議な力がある、と言ったのは、見る人を引き込む力が絵にはあるからだ。生きている別の世界が、そこにはあるように思える。

ある人は、自殺しようと思っていたが、一枚の絵を見て、生きる希望が湧いてきた。

色々な芸術には、みなそのような力があるだろうが、絵の凄いところは、一枚の紙だということである。そして、ずっとそこにある。

ここに一人の、絵を描いている男がいた。絵を描くのが好きなのである。描いているうちに、自分がその世界に入り込んでいくような気がしたり、気持ちが高まって、気分がいい。

しかしこの人は、自分は絵が好きなだけで、ヘタの横好きというヤツだと思っている。だから、売るとかいうことは考えない。

しかし乙姫は、その絵を見ると、とてもステキな気分になる。みんなが見る事ができたら、多くの人が幸福な気分になるだろう。

幸いに、いい画商を見つけた。

絵を描いている男の家の前を歩かせた。

画商は窓ごしに、男の描いている絵を見つけた。

「こ、これは……なんという、すばらしい絵だ！」

画商は、思わず、玄関のチャイムを探していた。

中から、画家……としておこう……が出て来た。

「私は画商、絵を売っているものですが、あなたの描いている絵が、窓から見えてしまったのです。とてもいい絵だったのでぜひ拝見させていただけないかと思いまして」

「え？　私の絵が？」

こうして画家の絵は、売りに出されるようになった。

トントン拍子に売れていった。


しばらくして、乙姫がまた通りかかった。なんだか、画家がショボリしているように見える。

（どうしたのかな、絵が売れるようになって喜んでいると思ったら……）

様子を見てみると……。

（ああ、こんなはずじゃなかった！　絵は売れるようになったけど、今度はこういう絵、ああでもない、こうでもない、色もこうで、絵もこうで……もはや、自分の絵ではないよ……。前は、絵を描くのが楽しかったけど……今じゃ、苦痛になってしまった……）

彼の絵を見てみると、やはり以前の楽しそうな絵とは違う。何か、作られたような美だ。

その夜、画家が眠った後、乙姫は絵を描いて楽しかった頃を思い出してもらうため、夢を見せた。

それは、彼が描いた絵の中で遊ぶ夢だ。彼が、

（こんな木があったら楽しいだろうな）

と思って描いた、とても大きな木があった。その木の上にどんどん登って行った。

（僕が描いた木の上は、実際に登ってみると、何て景色がいいんだ。きれいな夕焼け空が湖に映って、僕の大好きな色に染まっている。あの湖で泳げたらなあ）

夢なので、今度は夕焼け色に染まったサーモン・ピンクの湖で泳いだ。

（こんな美しい世界で遊べるなんて、幸せだなあ！）

顔にピシャッと湖の水がかかり、ハッと目が覚めた。

「あれ？　夢だったんだ……でもあの景色は、紛れもなく僕が描いたものだぞ！　そうだった！　僕は絵が好きで、描くのが楽しくて、描いていたんだった！　これからもそうするぞ！」

それから彼は、人にああ言われ、こう言われして、あっちへフラフラ、こっちへフラフラして、人の頭で絵を描くのはやめた。

「僕は今まで通り、好きな絵を描きます！　もし気に入ったのがあれば、買ってください」

　こうして彼は、ようやく苦痛から解放された。楽しみながら絵を描けるようになり、自分の気持ちも、はっきり言えるようになったので、顔色も明るくなって食欲も出てきた。いい奥さんにも出会えて、良きモデルにもなってくれた。

　彼自身が幸せな気分で描いた絵は、大変すばらしいもので、多くの人の心に明るい灯火《ともしび》を灯すことができた。

　幸せな気持ちは、人にも移って行くのだ。

## 15 夢の世界

小学校五年と三年生の姉弟が、台所で晩ご飯の用意をしていた。

おかあさんが入院しているのである。二人は、何やら協力しながら料理をしている。

近所のおばさんが、焼き魚や、煮魚を時々作って来てくれる。

三年生の弟がお姉ちゃんに聞いている。

「かあちゃん、病気なおるよね。もうすぐ帰って来てくれるよね」

「そうだよ！　当たり前じゃないの。かあちゃんは、前はとっても元気だったからね。きっと、元通りのかあちゃんになって、戻って来るよ！」

お姉ちゃんは、肉とキャベツを炒めた。

「わあ！　おいしそう！」

弟は大喜びだ。皿を三枚出して来た。

お姉ちゃんは、おかずを三人分に分けた。

(父ちゃんと弟はお肉が好きだから、私は少しでいいわ)

「あれ？　お姉ちゃんのお肉、少ししかないよ」

「違うよ、キャベツの下になっているだけよ」

「ふ〜ん、お姉ちゃんの方がボクより大きいんだから、コレあげる」

弟は、自分の皿の肉を姉の方へ一つ入れた。

「あらっ、何やってんのーいいのよ」

こんなやりとりを見ていて、乙姫は涙ぐんでいた。

（こんなエラい姉弟には、私からプレゼントをあげるわ。〝夢のプレゼント〟）


夜、姉弟は夢を見た。アフリカへ行って、ゾウに二人で乗ったり、サルと一緒に木に登ったり、トラとじゃれ合って遊んだ。

湖で泳いだ。キリンの背中にも乗せてもらった。

きわめつきは、羽のある大きな馬に乗せてもらって、大空を自由に飛んだ。

次の日は、美しい湖にかかる虹を登ったり降りたり、すべり台にしたりして、ウォーター・スライダーのようにして遊んだ。

その次は、海の中の乙姫さまの竜宮城へ招待された。

海の乙姫はとても美しくて、二人は見とれた。

海の中を自由自在に泳いだり、歩いたりできて、魚たちとも遊んだ。

やはりカメが出て来て、背中に乗せて案内してくれた。海の中にも、山や畑や花畑が地上と同じようにあって、明るく輝いていた。

そうして、一番の夢……それは夢ではなく、本当の出来事。つまり、二人の夢が叶う日がついに訪れた。

学校から帰ると、カギが開いていて、

「お帰り!!」

かあちゃんが出迎えてくれた。

「あっ、かあちゃん!!」

二人はかあちゃんに抱きついた。

「かあちゃんも、お帰り！」

三人は抱き合って、嬉し泣きした。

風の乙姫が、かあちゃんが帰って来るまで、このいじらしい姉弟に、ステキな夢を毎晩見せて、励まし続けたのだった。

## 16 スポーツ暴力

乙姫は、女子バレーボールの練習試合があると聞いて見に行った。

すると、何としたことだろう、監督が、選手を殴り付けているではないか。相手チームを脅かすように、これ見よがしにやっているようだ。大の男が女の子の頬《ほお》を、何発も何発もビンタしている。

乙姫は、自分の目が信じられなかった。

（ここは、バレーボールの試合をしているところではないのか？）

スポーツを、大昔の〝軍隊〟と勘違いしている輩がいるようだ。何をもってスポーツで暴力を振うのか……。選手に「犬になれ」と言ったり、髪を引っぱって、引きずり回したり、果てはタバコの火を押し付けたり。そしてついには、「抱かせろ」、「キスしろ」、「服を脱げ」などと、性暴力まで振るっているという。

ただのスポーツの監督が何を血迷っているのだか、言語道断である。

乙姫は、選手も選手で、戦争時代の軍隊でもないのに、いや、軍隊ですら許されるものではないのに、なぜこういう事を平気でされているのか、本人たちに聞いてみた。

その女の子は、本当に犬のように、目のまわりにアザを丸く作っていた。もちろん、グーで殴られたのである。

女子高生ならオシャレの一つもして、ボーイ・フレンドとお出掛けでもしたいだろうに。いったいどういうことなのであろうか。

「あなたは、こんなに殴られたりして平気なの？」

するとこの子は、薄気味悪い笑顔でニヤーッとしただけであった。

(こりゃダメだ)

話が通じないようである。

スポーツをやるのか、暴力を振るうのか、抱き付きたいのか、いったい何をやりたいんだ!!

監督といっても、学校の教師である。また暴力を振るい始めたので、それまで暴力を振るわれっぱなしの生徒に、乙姫はやり返させてみた。殴られたら殴り返す！　大の男と女子生徒は、ケンカのようになってしまった。

そしてついに、生徒たちは全員立ち上がって、暴力監督をネジ伏せてしまった。

「もう暴力を振るうな！　私たちはバレーボールを楽しみにクラブに入っただけなんだ！　勝ったただの負けただの、犬のケンカじゃねぇんだ！　このうすボケ野郎！」

生徒は、監督の頭に冷たい水をバケツごとザンブとかけた。

先生は、ハッと目を覚ましたようになった。手をついて、生徒たちに謝った。

「私はいったい、何の権利があって君たちに暴力を振るっていたんだろう？　申し訳なかった！　私は、教師の資格も監督の資格もありません……大好きなバレーボールというスポーツに対しても、何と失礼な事をしていたんだろう……頭がどうかしていたみたいだ……気付かせてくれてありがとう……」

生徒たちもハッとしたようになった。

「先生、私も、家族でバレーボールをしたら楽しかったから入部しただけだったのを忘れていました！」

「私も、身体が弱かったので体力を少しでもつけて健康になりたかっただけなんです。それがいつのまにか、勝つとか負けるとかいう話になってしまって、殴られても何も感じなくなってしまうなんて、恐ろしい話です」

「マインド・コントロールみたいなものなのかもね」

「スポーツ・ハイみたいなのがあるのかな。知らず知らずのうちに、神経がやられていたみたいだわ」

その後は暴力沙汰もなくなり、生徒たちはバレーボールを楽しめるようになった。

本来スポーツというものは、心身共に健やかになり、心も肉体もエネルギッシュになり、心躍るものだ。だから、スポーツを愛するがゆえに、無関係な〝暴力〟というものを持って来てほしくない。

今、世界の野球で大活躍している彼の大谷翔平選手のように、世界中の人々に元気と喜びと、生きる勇気を与えてくれる……それがスポーツの持つ本来の輝きと力ではないだろうか。

## 17 アイドルのゆくえ

アイドルと呼ばれる子供たち……大人もいるだろうが、身心ともに疲れ切ってリタイア……という話もよく聞く。

〝休日〟がない、と言うのだ。

大人だって、毎日働き詰めでは、心身ともに参ってしまうというのに、まして若年の子供たちにそういう生活を強いるとは……親がいながら、なぜこういうことが起きてしまうのだろう。

当初の契約にも問題があるだろうし、何と言っても、会社側はちゃんと人権を認める……まるで大昔の話のようであるが、近代社会などと言われても、たいして変わりがないと言わざるを得ない。

結局、売れているうちに売ろうと、人間を、生きている人間を、まるで〝商品〟のようにしか考えない金の亡者たちがいる、ということである。また、会社だけでなく親の方にも、子供を自分の金づるだと思う輩がいるから、こういうことが起きる。

人を死ぬまでコキ使うとは——人間とは恐ろしい事をしてしまうものである。
金に、目が眩《くら》んでしまうのだろう。何事もほどほどが良いのだ、という言葉も聞くが、このほどほどというのが、一番難しい事なのであろう。

ここにも、もうそろそろ休まなければ危険な女の子……一応、アイドルと言われているらしい子がいた。もう、フラフラに近い状態まで働かされている。

乙姫は聞いてみた。

「疲れ切っている様子ね、もう休んだら?」

その子は、うつろな目で言った。

「この後も、ずっと各地でコンサートをする予定なの」

「どうして、そんな、無理な予定を組んだの?」

「会社の人と、親が、相談して決めたの」

「まあ、気の毒にねぇ。私の部屋で少しお休みなさい」

乙姫は、彼女を自分の部屋で休ませた。そして、彼女をこのような体調にした会社の人と親を、同じ環境に閉じ込めた。その結果、会社の人間も親も、神経がおかしくなり倒れた。

自分たちが、こういう目に遭って初めて、〝休ませないアイドル〟の気持ちが分かったのである。

## 18 幸せの場所に潜む悪魔

人が幸せになる場所に、不幸を隠し持っている正反対な人たちがいることがある。

例えば、病院の〝産婦人科〟。

ここには、妬《ねた》みや嫉《そね》みの悪魔が潜んでいることがある。気付かないでやっている場合もあろうが、〝おめでた〟と言われる妊婦をイジメるのである。彼らはキツイ言葉、恐ろしい言葉を投げかけ、手荒な処置処置をして〝おめでた〟の妊婦を痛めつける……そして、独り身の恵まれない自分を癒《い》やしているのである。

また、金儲けの材料にしか人間を見ていない。その人に不必要な手術、薬剤、母乳が出ているのに、母乳をあげている母親から赤ちゃんを無理やり引き離し、連れ去って行くのである……何の為かというと、粉ミルク会社と金取引があり、無理に粉ミルクを飲ませて消費させ、母親から母乳が出なくなるようにし、粉ミルク代を稼ぐという、ミルク会社と病院のズルイ取り引きにある。

それ以前の結婚式場……これも、大いにめでたい場所であるが、和服の着付けで紐をキツく締め、手を上がらないようにし、三三九度を飲ませないようにし、式が終わって新婚旅行に出掛ける前に倒れるようにする……心臓の所を、紐でキツく縛るため、息ができず、最後は心臓の痛みで倒れるのである。

式場では、何百万円もの大金を若いカップルに支払わせようと、あの手この手で作戦を練る。若い新婚ホヤホヤのカップルの幸福感に乗じて、マインド・コントロールして、結果、何百万円も支払わせることになる。本人たちや親も望まない事まで、色々やらせようとする。本人たちは幸福の絶頂にあるのでまったく気付かないが、親たちは、大変な迷惑をこうむることもある。

人を着せかえ人形のようにし、式場の命令で、本人たちにもその親たちにも、やりたくない事までやらせようとする。

まるで、結婚式場のための結婚式である。

乙姫は、その現場を見て驚いた。

産婦人科に潜む悪魔――妬んで、人に悪さをする人間には、夢でたくさんの赤ん坊に踏みつけられ、現実には一生、恵まれない人生を与える。

悪い医者の元へは、暴れる若者が来て、医者は痛い目に遭い、不必要な薬や手術はすべて自分に返って来るようにした。つまり、同じ目に遭うということだ。

結婚式場に潜む悪魔には、ひどい配偶者が与えられ、人に与えた苦しみを味わうように仕向けた。


この地球という所では、〝天につばを吐く〟という諺どおりに、自分がやった事は、結局自分に返って来るというブーメラン方式なのである（前の人生も含めてやった事は、いい事も悪い事も返って来る）。

その理屈が分かれば……これを分かっている人々は大勢いると思うが……一生懸命、いい事をしようとする……しかし、後々には、見返りを考えない本当の善人となり、本人はそれに気付いていない場合が多い。

## 19 自然エネルギーの家

ちょっとした山あいに、自然豊かな生活をしている家族がいると聞いて、乙姫は行ってみる気になった。

今回は、田舎のおばあさんという恰好に化けた。

曲った腰に杖をついて、トコトコと歩いて、みんなが〝おばあさん〟というと連想するイメージのおばあさんの姿になった。

「あのー、こんにちは。」

山羊と一緒にいた若い奥さんが、乙姫おばあさんに気付いた。

「あら、こんにちは。お散歩ですか?」

「はい、ちょっと喉が渇いてしまって、お水か何かいただけませんかのォ」

「ええ、もちろんですわ。こちらへどうぞ」

彼女は、あたたかくおばあさんを迎えてくれ、いそいそとお茶をいれてくれている。

「これ、ブラック・ミントとレモン・グラスのハーブティよ。良かったらどうぞ」

「あら～申し訳ないねぇ」

ゴクゴクッ――おばあさんはビックリした！

「こ、これはうまい！　ふあ～っ元気が出るワ！」

そこへ、夫が出て来たので乙姫は、挨拶した。

「こんにちは、ハーブティごちそうさまです」

「よく、いらっしゃいました。ごゆっくり」

「あのォ、家の屋根にのっかっとるのは、何じゃろのう？」

「ああ、アレですか。あの筒の中に、太陽熱を利用したお湯が入っていて、家の中で使えるんです。山から採れる、薪《たきぎ》もいい燃料になりますよ。原子力発電は怖いですからねェ。この間も、地震と津波で原子力発電所もやられて、毒がタレ流しになってしまって、多くの人たちが犠牲になりましたよね。ああいう危険なモノは、避けたいですからね」

子供たちも、自然の中でのびのび遊んでいた。おばあさんは奥さんに、色々なハーブの名前を教えてもらい、その香りをかがせてもらった。

「いい匂いじゃのォ、癒やされるのォ」

「ハーブは、いい虫除けになったり、化粧水になったり、お風呂に入れたり、お茶にしたり、もちろん料理にも色々使えるのよ。ハーブって、神様からの恵みのような気がするの」

子供たちが自然の中で生きていけるように、色々な事が教えられている。

おばあさんは、天然化粧水をつけてもらいながら、夫の方に聞いてみた。

「この間のひどい地震の時、気付かずに生活していた人がいたそうじゃのォ。何だったか、そうそう〝エアー断震の家〟だとか言っとったの。地震が来ると、少しだけ空中に浮かぶそうだね。ありゃ、凄いねェ。

それから、都会のビルをピラミッド型に建ててベランダに木を植えると、ついには都会の真ん中に山ができたようになって、ビルが建つたびに山ができるというわけじゃ。ビルの中で木もれ日を浴びられると、喜んでおったのォ」

「様々な建築があっておもしろいね。やはり、都会の真ん中にも自然が欲しいし、災害にも強い家は必要ですねェ」

「いやぁ、今日はきれいな空気で、自然の家でハーブティをいただいて、子供たちの姿も見て、お花畑やら野菜畑を見られて本当に楽しかった！　こういう自然の家なら、ずうっといたい気がするワ……」

こうして乙姫は、おばあさんのまま、しばらく外の揺り椅子で、のんびりしていた。

## ⑳ ソーラー・クッキング

乙姫は、太陽熱を利用して料理するという、ソーラー・クッキングというのがあると聞き、行ってみた。今度は小さい男の子の姿だ。

みんなでワイワイと、外で料理していた。

「段ボールとアルミホイルがあれば、できるよ。アルミホイルがない時は、菓子袋の中がアルミだから、それを利用するといい。段ボールにアルミホイルをくっつけて、両窓を開けたような形にする。その真ん中に、アルミホイルに包んだ材料を置くと、熱くなってきて調理できるんだよ。黒い容器やナベでもいいんだ。

天気が良くてお日様が出ていれば、季節に関係なくできるよ。目を守るために、サングラスをかけてね。太陽熱の料理は、柔らかくできて、長持ちして、食べ物の細胞を壊さないから、美味しくできるんだよ」

「へぇー!!」

乙姫坊やは、みんなにまじって、パンやらミート・ローフやら、燻製を美味しくいただいた。

「便利だね！　太陽熱って。料理までできるなんて！」

「あれ？　さっきこの子いたっけ？」

「ふ〜ん？　いたようないなかったような……」

「まっ、どっちでもいいよ！」

太陽熱の人たちは、さすが、おおらかである。

## 21 海からの贈り物

乙姫が歩いていると、体調の良くない母親の手伝いを、一生懸命している女の子がいた。女の子の上には姉も兄もいるのだが、遊びに夢中でいつも出掛けていて、具合の良くないおかあさんを気にかけることがない。

末っ子の女の子は、まだ小さいのにかいがいしく家事を手伝っている。台所仕事など、まだ小さいので台に上がってやっている。

おかあさんは、いつもこの子に感謝して、神のお恵みだと思っていた。この女の子の唯一の、楽しみは、近くの湖で遊ぶことだった。この湖は大昔、海とつながっていた。

乙姫は、この子にプレゼントをあげたいと思った。

女の子は、お手伝いが終わると湖に行った。すると、水の中で足に何か冷たい固い物が触った。引っぱり上げてみると、古めかしい壺が出て来た。

蓋《ふた》を開けてみると、煙が出て来て、ボンヤリと若い男性の姿が現れた。

「君は小さいのに、親孝行をしてエライね。僕からプレゼントをあげよう。この海草をスープにして、おかあさんに食べさせてみて。それから、僕の事は誰にも言っちゃダメだよ。君の頭がおかしくなったと思われると大変だからね。でも、大きくなっても、僕のことは忘れないでね」

若い男性がそう言い残すと、壺は女の子の手からすべり落ちて流れて行ったが、海草だけは手の中に残っていた。

女の子は、早速、それをスープにして、おかあさんに食べさせると、おかあさんは日に日に元気を取り戻していった。

女の子が大きくなると、あの壺の中から出てきた男性と、そっくりな人に巡り会った。

「あのォ、どこかでお会いしませんでしたか?」

「ええ、僕も何となくそんな気がして、聞こうと思っていたんです」

二人は、微笑み合いながら、あの湖のほとりを歩いた。

乙姫は、湖の上や中を歩きながら、またあの不思議な水の野菜……海草を、二人の足元に届けた。

# 22 東京オリンピック

乙姫は、優秀な女性の医者、女医さんを何人も知っている。

それなのに、医者を目指す人が入る医大、医科大学が、わざと点数を落として女性の入学者を減らしていたという話を聞き、乙姫は怒り狂った。

「女を馬鹿にしやがって！　みんな女性から生まれて来たくせに！　もっと女性を尊敬しろ！」

怒り狂った乙姫は、東京オリンピック会場に乗り込んだ。

そして、すべての競技の始まる前に、突然一人で力を見せつけた。

短距離走では、「あっ、地面に足が着いてない！」と観客を驚かせ、走り幅跳びはどこまでも跳び、高跳びもどこまでも高く跳んだ。リレーでは全員を追い越した。

体操では鉄棒から鉄棒へと飛び移り、床の競技では空中を転げ回った。

すべての競技に、このように始まる直前に姿を現した。そして関係者が捕まえる前にいなくなった……〝風〟の乙姫だから。

こうやって乙姫は、〝女性の力〟というものを、まざまざと世界中の人に見せつけたのだった。

## 23 携帯電話

以前は携帯電話どころか、車……自動車も少なく、洗濯機も冷蔵庫も掃除機も、テレビもない。電話を持っている人だって、ごくごくわずかだった。

どんどん、どんどん、メカが入って来て、あれよあれよと言う間に、色々揃ってきて、持って歩く電話までできた。

これは、先人たちの努力の賜物で、ここまでやって来た。

しかし、携帯電話屋に行くと、イバリくさった受付の者がたまにいる。それは、女性に多いようだ。男性はわりと親切に教えるが、たまに女性でイバッたのがいる。ケータイに詳しいという優越感丸出しで、滑稽でさえある。


乙姫は、今度は腰が曲って杖をついた、おじいさんになって行ってみた。

受付嬢は、呆《あき》れ果てたような顔をして見ている。

「お・じ・い・さん！　何のご・用・ですか!?」

いきなり大声で話されて乙姫は、耳が張り裂けそうになった。おじいさんは全員、耳が聞こえないと勘違いしているようである。乙姫は、ちゃんと聞こえていて、耳が遠くない事を示すためにわざと小さな声でしゃべった。しかしそれに気付かずに、受付嬢は怒鳴り声でしゃべりかけてくる。

「あの、スマホが、欲しくての……」

「はっ？　スマホ？　ペーラペラ、ペーラペラ……！」

今度はわざと、専門用語をたくさん使って、じいさんを馬鹿にしようとしている。

乙姫は、ちょっと言ってみた。

「あんた、のう……」

「はっ？　私は、あんたなどと呼ばれる筋合いはありませんっ」

「そ、そうか……あなた様はの、客をイビッておもしろいかの？　年寄りはメカに弱いはずだと、顔に書いてあるぞ」

受付嬢はギクッとしている。

「こんなじいさんにケータイなど、ましてスマホなど使えるはずがないと、こっちの左頬《ほお》には出ている。どうせ何をしゃべっても分からないのだから、よけい難しい言葉を使って、優越感に浸ろうとしておる。お気の毒な人じゃの。

ケータイなどなくても、いくらでも生活はできるんじゃよ。あんた……いや、あなた様は携帯依存性になっておる……携帯が手元にない時は、不安じゃろう……それが依存性の証拠じゃ。だからいつも落ち着かなくて、イライラしておる。客に当たっておる。

人間、お互いの顔を見れば、言葉がなくても、心が通じ合うこともある。相手に合った言葉で、説明ができる……それは、能力の一つじゃ。あんたのように、自分中心ではいかんのじゃよ。

あいにくワシは、人の心がみな解るので、ケータイなどいらんのじゃ。それじゃあ、備え付けのまずいコーヒーでも飲んで帰るか……。あんたも、相手に合わせた説明ができるように、もっと勉強しておきなさい」

じいさんは、まずいコーヒーを飲んで、ニヤニヤしながら帰って行った。

## 24 人を救う絵

乙姫は、絵を描くのも見るのも好きだ。

しかし今や絵画は、絵の良さも分からず、ただ投機の対象と考えられており、美術館なども高価な絵だけを展示している。現代でもすばらしい絵を描く人々は、たくさんいるのに、打ち捨てられている。

大昔の人だけが、良い絵を描いていた訳ではない。

現代でもいい絵はたくさんあるのに、人の目に触れられていないだけだ。

乙姫は、地面の上や街角の邪魔にならないような片隅に、汚れた荒れ果てたような場所にも、こっそり絵を描いた。

すると、泣いていた子供が泣き止み、ケンカしていた人達がケンカをやめ、悩んでいた人の心が晴れ、自殺しようとしていた人が乙姫の絵を見て希望を持ち、暗くて悪い事しか考えられなかった人の頭の中に光が灯り、何か良い事、できる事をしようという考えが芽生えた。

目の不自由な人のために表面が盛り上がった絵も描いた。触って楽しむのだ。

こうして乙姫は、世界中を風のように駆け抜け、人々の希望になるような絵を描いた。

まさに戦争を始めようとしている人の机の上にも、そんな考えが吹き飛ぶような絵を描いた。そうしているうちに共鳴する絵の得意な人達が、世界中を美しい絵で埋め尽くそうという運動を始めた。

普段、絵を描かない人たちも、ペンや筆やマジック、ペンキ、墨など、絵の具はもちろん、人に喜ばれる絵、何かを気付かされるような絵、希望を持てるような絵、愛にあふれた絵を描くようになった。

すると、自分でも気付かない、すばらしい絵の才能を持った人達も現れたのだ。

次第に現代の人たちの中で、芸術の才能……本当の意味の芸術、人を救う芸術が花開き始めた。

絵を描いて生計が立てられる人々も、たくさん出て来て、ようやく現代の絵のすばらしさが見えて来た。

## 25 アフリカで気球に乗って

乙姫は、雄大なアフリカへ。みんなで体験したかったので、気球ツアーを申し込んだ。五人くらいで、ワイワイ言いながら乗った。

様々な動物が、下を走っている様子は圧巻だ。

自分も仲間になって、一緒に走っているような錯覚を覚える。

ジャングルの上も凄い。どこまでも続いている。その時、気球からプシューッという音が聞こえた。

「エー!?」

みんな、あれよあれよという間に、ジャングルにゆっくりと降りて行った。

気球は木の枝に引っかかったが、どうにか地面に着地した。

みんな辺りを見回して、夜に備え、薪《たきぎ》を用意したり、食べられる木の実を集めたりした。

みんながどうにか寝静まった後、乙姫は何かの気配に気が付いた。

ヒソヒソ声が聞こえる。

「これが、もしかして人間?」

「私たちとよく似てるじゃない」

乙姫は何でも見えるので、寝たふりをしながらも、全部見えて聞こえている。

どうやら彼らは、人間ではない。森に住む妖精のようだ。

「私たちの結婚を王様が許すはずがないわ。木の精と花の精の結婚は、認められていないもの……」

「それじゃ僕たちはずっと、木の家と花の家から、互いを見つめ合っているだけかい?」

「今はみんな寝てるわ。二人で妖精の姿のまま、今のうちに逃げ出しましょう!」

二人が手をつないで逃げようとすると、妖精の国の結界の鈴が鳴り響いた。妖精の国の者たちは、何事かと飛び起きた。

もちろん、人間たちには聞こえない。

王様は、何が起きたか気付いた。

「みなの者! あの二人、木の精と花の精を捕まえるのじゃ!」

ツル性植物は、ツルを伸ばし二人を巻き取ろうとした。

「キャア!」

乙姫は、ツルの間を広げ、二人を逃がした。

「おのれ〜、不埒《ふらち》な人間め！」

様々な植物が、乙姫に襲いかかった。

「妖怪たち、出て来〜い!!」

乙姫が号令をかけると、様々な妖怪たちが次々と出現し、妖精軍団と戦いを繰り広げた。海坊主も出て来て、たくさんの水を吐きかけた。砂かけババアは砂をかけて、目眩ましをした。小豆研ぎが小豆を投げ付けると、火薬のように爆発した。やかんづるもあちらこちらに出没して、行く手を阻んだ。ぬらりひょんも、ぬらぬらとぬめってすべって動けなくした。ろくろ首は、王様と后の首を絞め上げた。


こうして、妖精軍団は降参し、二人を結婚させた。そしてジャングルにまた、きれいな花が咲く新種の木ができた。

広々として雄大な大自然に恵まれているアフリカのジャングルの空気を胸一杯吸うと、乙姫は帰り仕度を始めた。

時間を気球に乗っている時に戻し、穴があく場所に前もって補強をした。

こうして、みんな普通に気球の空の旅を楽しんで、無事帰って来た。

乙姫は気球を降りると、シマウマやライオンにまたがって草原を疾走した。みんな乙姫の言う事はよく聞いた。

そして、アフリカの美味しいアイスクリームやケーキをパクついて、アフリカを満喫し、超巨大な太陽が沈む凄い夕焼けを目の当たりにして、大感動したのだった。

## 26 フルーツ星と野菜星

乙姫は、地球のほかにも、様々な星を妖怪たちと巡ってみることにした。妖怪たちを普通の人間の姿にし、緊急を要する時だけ妖怪に変身できるようにしてやった。


今から行く星は、様々な果物を栽培している星だという。木には、美味しそうな実が、たわわに実っている。特に世話をしなくても大丈夫らしい。

「人間て、口があまり開かなくて不便だね。妖怪の時は、口をガバッと開けて、丸ごと食べられたのにサ」

そう言って、わざわざフルーツを食べるためにだけ妖怪に変身する者もいた。

乙姫は勝手にさせておいた。

色々なフルーツを食べて、みんなおなか一杯だ。

「こんなに果物の種類が多いと、一口ずつ食べたとしても、腹一杯になるなあ……」

「この真っ赤な実は何かしら？　リンゴくらいの大きさだけど、形はまん丸で、少し黒い所もあって、味は……リンゴとバナナと、洋ナシと、プリンと、アイスクリームと少しだけライム味……ステキなフルーツ……まるで〝恋の実〟……パイナップルの味もする。あまり酸っぱいと食べられないけど、ほんの少し酸味があるくらいだから、私でも食べられるわ。この他にもたくさん美味しい果物が実っていて最高ね！」

乙姫は大喜びだ。

次は、〝野菜の星〟に行ってみた。

様々な野菜が、キラキラと輝いていた。

この星では、野菜嫌いなど考えられない。別に煮炊きしなくても、すべてがレタスのようにそのまま食べられる。ここには、美味しい野菜しかないのだ。摘んですぐ食べられる……野菜のフルーツのようだ。

ここの野菜は、フルーツのようにそのままで完成というものではなく、炭水化物……ご飯や、麺、パンなどのお供として作られている。このオカズさえあれば、ご飯を何杯でも、食べてしまう……といった、オカズの要素の強いものである。

しかし、それだからといって、まずいわけではない。

味わい深い美味しさがあり、野菜特有の甘味も備わっている。いつもの食事には、欠かせないものだ。

みんな特有の個性があり、ご飯や麺、パン、ウガリが食べたくなってしまう。

そしてこの星の野菜は、皆、美しい。まるで絵の具で描いたようだ。みんな、つい手に取ってしまう。飾っても、花のように鑑賞しても美しい。

みんな、ムシャムシャと食べた。

そしてまた、次の星へと向かった。

## 27 動物の星

次は、様々な動物がいる星に着いた。

可愛い顔で飛ぶ鳥もいた。笑顔が可愛い。ニコッとする。あの顔を見る為なら……と、ついキバッて、また、来ます！　と思ってしまいそうだ。

鳥たちは、みな美しい声で鳴くので、ついつい足を止めて聞き惚れてしまう。例外なく、羽の色も艶やかに染めたように綺麗で、聞き惚れるだけでなく、見とれてしまうほどだ。

人にとても懐《なつ》いていて、手や肩に乗って来る。もちろん、人にフンなどかけない。心得たものである。

大きな鳥は、人を乗せてくれる。ちゃんと舞い降りて来て、乗りやすいようにしゃがんでくれる。上に座ると吸い着くようになっていて、降りるまでは落ちることがないので宙返りもへっちゃらだ。人間と一緒に、おしゃべりをする鳥もいる。これはとてもおもしろい。そして可愛らしい。

時が過ぎるのを忘れてしまうほどだ。香りのいい花を摘んで来てくれたりする。鳥たち自身からも、とてもいい香りがする。草原が広がっているが、草花も良い香りがするし、ハーブも様々に揃っている。

木の実やフルーツも良い香りがするから、鳥たち自身も良い香りがするのは、当たり前かもしれない。

地上にも様々な動物たちがいる。ここの動物は鳥と同様、草花や実を食べていて、みんな仲良しだ。みんな友達なのだ。

動物たちも鳥たちと同じように、笑顔になる。大声で笑う者すらある。おしゃべりもする。みんな自分の姿を愛していて、細長い人間になりたいとは思っていない。宿題もないしね。自由に空を飛べるし、草原を駆け回れる。人間のようなめんどう臭いことは嫌いなのだ。

ヘビはみんなに嫌われているが、ここのヘビは小さくて、パステル・カラーで輝いていて、瞳は黒々として大きく、いつも笑ったような顔をしている。人見知りなので、あまり人前に出て来ないが、好奇心が旺盛なので自分自身をもてあましている。

乙姫たちのことも、陰からそっと、つぶらな瞳で迷惑にならないように見ている。

「あら、パステル・ヘビちゃん、お元気？」

乙姫が声をかけると、

「あっ、しまった！　見られた！」

という顔をするが、やはり好奇心には勝てずノコノコと出て来た。

「あの～ご迷惑かと思って……」

「何を言ってるの。あなたみたいに可愛い子のこと、誰もそんな風には思わないわよ」

「でも、アレ……」

ヘビが見つめる方を見ると、一人が怖がって、誰かに抱きついている。

「こんな可愛いパステル・ヘビちゃんを、何で怖がるのよ。ところであなた、足が欲しくない？」

「エ!?　ほ、ほしいです」

そこで乙姫は、パステル・ヘビの前と後ろに、二本ずつ足をつけてあげて、前足？は手のように使えるようにしてあげた。

パステル・ヘビはとても喜んで、走ったり跳ねたりしている。

「うわあ！　食べ物を、手で食べられる！」

「そのツルンとした頭が怖がられるのかしらねェ。頭に花をつけてあげるね」

可愛い花をつけてあげた。夜はつぼんで、朝開く花だ。

ここの小さなサルは手の平サイズで、毛がピンク色のものと水色のものがある。これもニッコリ笑うし、しゃべる。手首に巻きついたりしてあたたかい。可愛いサルで、話し声もとても可愛い。

乙姫は、ライオンにも、ピンク色のものや、水色のものに、一頭ずつ色付けしてみた。

「あら〜なかなか、いいわ。ステキ！」

するど他のライオンも集まって来て、パープルにしてくれなどと言っている。

「オレは、黒が好きなのさ」

「ボクは、エメラルド・グリーンで」

「あたしは、ゴールドがいいわ」

「私は、シルバーがいいわ」

「はい、はい」

みんなは、動物たちと心ゆくまで遊んだ。

# 28 乙姫の帰還

「今度は〝海の星〟に行くよ！　みんなで泳ごう！」

「わ〜〜い!!」

その星は海がどこまでも透明で、空はどこまでもブルーでとても美しかった。のどが渇けば、フルーツの木がいたる所に生えていて、実を取ろうとすると枝を垂らして取りやすくしてくれる。

それぞれの水着を着て、海に、ジャブジャブと駆け出した！

「わ〜気持ちがいい！　あんまり冷たくなくて、ずっと入ってられるね！」

海には、色とりどりの熱帯魚たちが泳いでいた。魚もしゃべる。

「乙姫さま、気を付けた方がよろしいですよ。最近、よその星から、大なまずの大群が押し寄せて来るようになったんです。私たちも被害に遭《あ》って……岩陰や海藻に隠れはするものの、大なまずの大群はドデカイんです。その上、陸にも上がれるんですからね」

「エー⁉　いつの間に、そんな……」

と言っている間に、海の向こうから何だか灰色の雲が湧き上がって来るように、得体の知れない群団が嵐のように押し寄せて来た。

「う、わ、何だべ、ありゃ……」

「ちょっと！　じっと見ている場合じゃないのよ！　早く変身して！」

みな、慌てふためいたため、水着が引っかかったり、邪魔をして、変身に手間取ってしまっている。

「あ、あ〜〜‼」

みるみるうちに大なまず軍団が押し寄せ、その巨大さ！　二階建ての家か、それ以上ある。そのヌメヌメした身体は、灰色と黒で光っている。長いヒゲですべてを巻き取り、食おうとしている！

（乙姫たちが危ない‼）

そう思った時、空の彼方から、大きな竜に乗った武士のような男が近づいて来た。

竜の鱗は黄金色に光り輝いている。

男は竜から跳び降りると、大なまずを次々と刀で薙ぎ倒した！

そして、乙姫の肩を抱いて守った。

男を護衛する者たちも、大勢でやって来た。

妖怪たちも我に返って反撃し始め、黄金竜も炎を吹いて攻めた!!

こうして、大なまずの軍団は消滅した。


乙姫は、男に抱きついた。

「あなた！」

男は、竜王と呼ばれる乙姫の夫だった。

「大丈夫か!?」

夫は妻の頬《ほお》を両手で挟んで、顔を見た。

乙姫は、助けに来てくれた嬉しさと安堵感で、夫の胸に顔を埋めた。

「あ〜、ずうっと、こうしてくれないかナー」

夫は、妻をからかった。

「もう!!」

乙姫は、夫の胸を叩いた。

夫は妻を抱き上げると、天に昇って行った。

「妖怪たち、ありがとう！」

「みんな、ありがとうねーっ。さあ、みんな帰るわよ！」

妖怪たちも一緒に天に昇り、光り輝く姿に変わっていった。


城が近くなると、子供たちが大勢城から飛び出して来た。気取らずに、父と母のことは、とうちゃんとかあちゃんと呼ばせている。

「とうちゃーん!!　かあちゃーん!!　お帰りー!!」

「ただ今！」

乙姫はみんなを抱きしめた。

「かあちゃん、いっぱい冒険できた？」

「かあちゃん、お話聞かせて！」

「淋しい思いをさせて、ごめんね。かあちゃんは、もういっぱい冒険したから、これからは、とうちゃんと、あなたたちのそばにず～っといるよ」

「ず～っと？」

「そうよ！　ず～っとね！」

竜王の名前はリオイ、乙姫の名前はリアイと言った。

リオイとリアイは抱き合って、口づけを交わした。

「さあ、子供たち、もう寝る時間よ」

「えっ⁉　まだだよ」

「そうよ、まだかあちゃんのお話、聞いてないもの！」

「わかったわ。さあさあお布団を掛けて……ある所に、ふか～いジャングルがあったの……その中には、妖精たちが住んでいてね、人の目には見えないんだけど、木の精、花の精という妖精がいてね、妖精のお城もあって、王様とお后様もいてね……」

子供たちの、まぶたが、半分になってきた。

子供たちがすっかり眠ると、リオイが迎えに来て、リアイの肩を抱き、二人の部屋へと連れて行った……。


〈終〉

# オハナおばあちゃんのお話

## 1　ジャックとペテロの冒険

小さな女の子のリモンはいつも、オハナおばあちゃんに、色々なお話をしてもらっていました。

よく暖炉の前の揺り椅子で、リモンをひざの上に抱っこしながら話してくれます。

ネコのミーニャも一緒です。

さあ今日は、どんな話をしてくれるのでしょうか。

「リモンや、うちの近所によく二人で遊んでる男の子のジャックとペテロがいるだろう？」

「ええ、あのいたずらっこたちね？」

「でも、リモンとも遊んでくれるね」

「そうね、でも暴れん坊よ」

「ちょっとね。でも、彼らには秘密の遊び場があるとしたら?」

「え!? どこどこ?!」

「今から、それを教えてあげよう」


ジャックとペテロには、知り合いのおじいさんがいた。そのおじいさんは、よく小屋の中で色々な作業をしていたが、手が空くと、木でオモチャを作ったりしていた。だから、ジャックとペテロもよく遊びに行っていたんだ。

でもその日は、あいにくおじいさんはいなかった。

ジャックとペテロは残念がった。

「ちぇっ、今日はいないな」

「なんかまた、おもしろそうな物作ってると思ったのに…」

ふと足元を見ると、地下室に通じる扉があった。

「地下室なんかあったか?」

「もしかして、こっちにいるのかも」

二人は扉を開けて降りて行った。

するとその地下室には、おじいさんが作った様々な物があった。

特に木馬が目を引いた。

「なあんだ、こんな所に隠してたのか、おもしろそうなやつを」

ペテロはその木馬に乗ってみた。

ジャックも真似して乗った。

「あっはは!!」

「こりゃおもしろい!!」

ところが、地下室の床がだんだん透明になって来たと思ったら、木馬がゆっくり飛ぶように下に降りて行った。

「どうなってるんだ、コレは！」


地面に着いた。

そこは木々が生い茂って、霧が立ち込めていた。

なぜか、もう一つ木馬があった。

二人は木馬から降りると、その辺りを歩いてみた。

木立ちを抜けた所で、いきなり景色が開けた。

遠くの方で煙が上がっている。

行ってみると、兵士のような人たちがやって来た。

「お前たち、見かけない奴だな！」

「こっちへ来い!!」

ジャックとペテロは怖くなって逃げようとしたが、捕まってしまった。


木でできた牢屋に入れられた。

「あ、おじいさん！　それに、リモン！」

「リモンはどうして、そんなお姫様みたいな格好をしているんだ？」

おじいさんが、説明してくれた。

「このお方はリモン姫といってこの国の王女なのだが、両親が亡くなったのをいいことに兵隊たちが姫をここに閉じ込めて、国を乗っ取ったのだ。特にその長のギャリオンという奴が悪い奴でな」

リモン姫も悲しそうにしている。

「ギャリオンがみんなを奴隷にして、この国を征服しているの。子供たちにも勉強をさせないで、自分たちの家来にしようとしているの」

「へえ、勉強しなくていいのか、いいな、エヘヘ」

ジャックはうらやましそうにしている。

「じゃあ、勉強したい子たちはどうするの？」

リモン姫が聞いた。

ジャックとペテロは顔を見合わせた。


牢屋から外を眺めると、人々は、無理やり働かされていた。

すべては、ギャリオンとその手下たちに贅沢をさせるために。

「とにかく、ここを出なきゃ」

ペテロは辺りを見回した。

「わしが、木馬を呼び寄せるぞ」

おじいさんが小さい声で木馬を呼ぶと、まるで生きているかのように木馬たちが近づいて来た。

「お前たち、わしらをここから出してくれ」

木馬は牢屋の木の格子をかじり、みんなを出してくれた。

その音に兵隊たちが気づき駆け寄って来た。

「大変だ！　わしはここで待ってるから、お前たち三人で行きなさい！　ほら武器はある！」

おじいさんは小屋で作っていた木の剣を取り出し持たせてくれた。

三人は木の剣を持ち、木馬にまたがって飛び上がった。

すると、木馬は本物の馬に、木の剣も本物の剣になった。彼らにも力がみなぎり、空中を自由自在に飛びながら戦った。

リモン姫は、ギャリオンの所へ飛んだ。

ジャックとペテロもそれに続いた。

ギャリオンは人間と言えるのだろうか。大きくて動きがぎこちなかった。

「ギャリオン！　もう悪さはやめなさい!!」

リモン姫が叫ぶと、ギャリオンは剣を抜いた。しかし大きいだけで、その動きはまるでロボットのようだ。

ジャックとペテロの二人は剣を交え、リモン姫は飛んで剣をふるうと、剣がギャリオンの帽子の突起物に当たった。

すると、どうだろう！　ギャリオンが真っ二つになって、中から出て来たのはリモンと同い年くらいの女の子だ。この子がギャリオンを操作していたのだった。

この子は何と、いつもリモンに意地悪をしてくるキャリーにそっくりではないか！

リモン姫とジャックとペテロに捕まったキャリーは、本音を言った。

「リモンがみんなに可愛がられて悔しかった。私より幸せそうなこの国の女の子たちもね。だからいじめたのよ！　みんなに勉強もさせないで私が一番の物知りになりたかったの！」

リモン姫は悲しげだった。

「キャリー、そんな考えは捨ててみんなに愛される人になって。自分の事だけではなくて、みんなの幸せも考えて。助け合って生きていきましょうよ！」

こうして、兵隊たちも静かになり、元の平和な国へと戻った。

「ありがとう、皆さん。お名残惜しいわ」

リモン姫にお礼を言われて、おじいさんとジャックとペトロは、木馬に乗って手を振りながら、満足そうに帰って行った。

## 2 魔法の庭と女の人

オハナおばあちゃんは、息子のリオンとお嫁さんのリアンと共に、野菜や花、果物の木などを植えています。

孫のリモンは、この庭がとても気に入っていました。

いつも、美味しい野菜や果物、きれいで可愛い花々……これらが庭先に来るだけで手に入るのですから。もちろん、お手伝いもします。

猫のミーニャも、この庭がお気に入り。色々探検して歩けるから。

オハナおばあちゃんは、今日も暖炉の前でお話をしてくれました。

暖炉の火がついていても、ついていなくても、おばあちゃんの揺り椅子のある所がお話の場所です。

あるところに、小さくて可愛い庭を作っている老夫婦がいたんだよ。

時々はケンカする事もあったけど、不思議と庭の手入れをしたり、いや、この庭に来るだけで、仲良くなってしまうのさ。

「なぜかな〜」

リモンは考えてみたけど、よくわからない。


ある日、通りすがりの女の人が、この小さくて可愛いらしい庭に、足を止めて眺めていた。すると、目から涙がぽとりぽとりと落ちていた。

おじいさんとおばあさんは、顔を見合わせた。

気の毒に思って、おじいさんがおばあさんに、庭の花を一輪手折って手渡した。おばあさんは、女の人に近づいて、

「あのー、もし良かったら、これどうぞ」

女の人は、ハッとした顔になった。

そして、受け取った花をじっと見たり、香りを嗅いだりしている。

「……ありがとうございます……私は恋人に捨てられて泣いていたのです」

「それは、お気の毒に……」

おばあさんが言うと、おじいさんは、

「なんというバカ者だ、そいつは！　ワシだったら、すぐにプロポーズするがな！」

と怒った顔をした。しかし、おばあさんがジロリとその顔を睨んだものだから、

「ぷっ！」

と、女の人は吹き出してしまった。

「とってもステキなお庭ですね」

おばあさんは、睨んでいた顔から急に笑顔になった。

「そうかしら？　嬉しいわ。いろんな花があるでしょ？　二人で好きな花を植えたのよ」

「そうじゃよ。赤い花も白いのもピンクやらあるだろ」

「紫や黄色もあるわよ」

「そんなこたー見りゃあ、わかるだろうが」

「いちいち、うるさいじいさんだね」

「ぷっ、あーはっはっは！」

女の人は、ついに笑い出してしまった。

「そうね、いろんな花があるのね、世の中には。白か黒だけじゃなかった！　ありがとう！　さよなら！」

女の人は、来た時と反対にスタスタと元気に歩いて行った。

「？　？　？」

おじいさんとおばあさんは、また顔を見合わせた。

ヤレヤレという風に、また仲良く庭の手入れに精を出した。

## 3 魔法の庭と泥棒

オハナおばあちゃんは、揺り椅子に腰かけて、孫のリモンに、あの魔法の庭の続きを話し始めました。

リモンや、小さくて可愛らしい庭を、今日も、おじいさんとおばあさんは、手入れしていたよ。

するとそこへ、大きな袋を担いだ男が通りかかったのさ。

男は、えっちらおっちら、重そうに袋を抱えていたが、小さな庭に花が咲いているのをチラッと横目で見た。

「ふうーっ」

男はため息をついて、ひと休みした。

「じいさん、ばあさん、よほど暇なのか？　こんな地べたに花なんぞ植えて。一銭にもならねえっていうのによォ」

「ん？」

おじいさんは顔を上げた。

「お前さんこそ、そんなに荷物をしょい込んで大変なこったのぅ」

おばあさんは、一輪の花を手にして、

「あんたにあげるよ」

「ふうん」

男はもらった花を眺めた。

すると、おばあさんが言った。

「あんたねぇ、花っていうのは、天国のものなんだよ。だからこんなにきれいなのさ」

「天国？　そんなもん、この世にあんのか？」

「このじゃなくて、あの世だよ」

「あの世ねぇ」

「あんただって、こんなきれいな花がたくさん咲いている天国へ行きたいだろ？　それとも、鬼に囲まれた暗い所に住みたいのかい？」

「げっ!?」

男はギョッとして、慌ててしょい込んだ荷物を持って、元の所へ返しに行った。

## 4 猫のモモ

暖炉の火がちょろちょろと消えかけてくると、オハナおばあちゃんはいい香りの木を入れます。

これはマルメロの枝でしょうか。

孫のリモンは、おばあちゃんが座っている揺り椅子のひざ掛けの上に寄りかかって、お話をねだりました。

マルメロのいい香りに包まれて、もうすでに眠くなっていたのですがね。


ある所にね、リモンによく似た、可愛い子がいたよ。

親がいないために、小さな店の裏で働いていた。

そこへ、おなかを空かせた猫が来るようになった。リモンは、猫にモモという名前を付けたよ。

「さあモモ、これをお食べ。少しでゴメンね。私の分を分けてあげるからね」

リモンの食事は、もともと少しでしたからね。

そんな生活でしたが、猫のモモは、よくリモンに懐《なつ》いて、寝床までついて来るようになったので、モモを洗ってあげたよ。

それでいつも一緒に寝るようになったから、いつも寂しくて悲しい思いをしていたリモンの心は癒《い》やされた。いつの間にか、あたたかい気持ちになっていた。


ところが、戦争が起きてしまった！

鋭い戦いの音！

リモンには、何が何だか分からないよ。

猫のモモと一緒に最初はいくつもあるトイレに隠れたが、ここでは危ないと思って、台所の戸棚の中に何日も何日も隠れていた。

食べ物がいくらかあったからね。


何日か何カ月か、リモンにははっきりとは分からないが、あたりほとりが静かになった。

すると、何と猫のモモが急にしゃべり出した。

「リモン、ここに隠れていてください」

「え⁈　今、あなたしゃべった⁈」

モモは出て行くと、まず靴下を持って来た。その次は靴。その次は下着とドレス。全部、見事な物ばかり。そして器用に、リモンの髪を編んで積み重ね高々とさせた。

そして、みんなの前に押し出した。

戦いが終わった後、みんな疲れ切って希望も失いかけている中、美しいお姫様のようなリモンが、出てきたのを見て、みんながその国のお姫様にしてしまった。

後に、猫のモモは王子の姿になり、二人は国民の祝福の中、結婚して幸せに暮らした。二人は、いつまでも平和な国を作ろうと国民に呼びかけたとさ。

## 5 お年寄りを狙うサギ

オハナおばあちゃんは、肩掛けや、ひざ掛けをして、明るい炎の暖炉の前で、揺り椅子に座って気持ち良さそうにしています。

そして、可愛い女の子の孫リモンに、オハナおばあちゃんの、とっておきのお話をしてあげます。

それはね、リモン、大きな大きな岩の前で起こった話だよ。

お話しの中で、リモンが散歩をしていると、道の横に、その大きな岩があった。

「こんな所に、岩なんてあったかしら」

顔を近付けてみると、

「あっ！」

リモンが岩の中に引っぱりこまれるように入って行ってしまった！

「暗いけど、向こうの方に何か見えるわ」

リモンにとってはとても暗い所だが、中にいる人たちには普通に見えて生活しているようだ。

ところが、この岩の中の国には悪い人たちがたくさんいて、お年寄りをだまして金もうけをしたり、平気で重労働させたりしていた。

お年寄りはもうあまり働けないのに、今までようやく働いて貯めたわずかなお金を詐欺師たちは言葉巧みにだまして、巻き上げているのだ。

お年寄りは生活が苦しくなって、ただでさえ身体も頭も思うように動かないのに、これからどうやって生きて行けば良いのか、途方に暮れて悲しんでいた。

しかし悪い事をした者たちは、次第にそれ相応の苦しみに巻き込まれ、いつまでも岩の中に閉じ込められたままだった。そして良い人は、次第に良い人生となって、岩の外へ出られたという事だよ。

リモンが岩の外に出ると、外の世界からも大勢の人たちが岩の中に吸い込まれて行った。そして、自由に外に出る事はできなかった。


〈終〉

# 夜明けの鐘

## 1　フリヤ国デリ村

遠い昔、フリヤ国のデリ村に十歳になる女の子、名前はサリャンと、四歳上の兄、リオンという兄妹が住んでいた。

とうちゃんはアントニオといって、漁師だった。かあちゃんはミシェル。料理も上手だが、植物の繊維で服を作るのもうまかった。

とうちゃんが海で捕って来た魚や、かあちゃんが作った服は、いろいろな物と交換することができた。

この村にはお金というものがない。

みんな何かと交換するのだ。

その他にも、この村には変わったところがある。

それは、村の一部が柵で囲まれており、罪人がその中に入れられ仕事をさせられていることだ。

ある日リオンは、村長の家にどろぼうに入ったと言われ、柵の中に閉じ込められてしまった。

「オレは、そんなことしてません！　ずっと、家にいたんだ！」

家族も、みんなで、もんくを言った。

「リオンは、ずっと家の手伝いをしていたんだから、そんなことできません！」

「うるさい！　お前らも柵の中に入れられたいのか！」


家に帰るとみんなで相談した。

かあちゃんが、植物の繊維で太い太い縄を作った。

かあちゃんは、柵の中のリオンに、夜中に縄を中に垂らしておくから、登って出て来て皆で舟に乗って逃げようという話をした。


みんなが寝静まった頃、とうちゃんはサリャンを連れて柵まで行くと、サリャンを肩に乗せて縄を中に垂らした。そして、こちら側からは、柵の足に縄を巻きつけた。

夜中、リオンは縄につかまって柵をよじ登り、家まで戻って来た。

「リオン！」

家族は抱き合った。

舟に荷物を積んでおいたので、家族全員で舟に乗り込み、この村を離れたのだった。

## 2 霧島

「遠くに行かないとな。前に漁をしていた時、とうちゃんは、霧が出て来て潮に流されて、大きな島なのか陸地か、そういう所を見たことがある。木がたくさん繁っている森があった」


みんなで、ずいぶん長い間舟を漕《こ》いだ。

リオンも手伝った。

かあちゃんも、サリャンも舟を漕げる。なんたって、漁師の一家だ。

霧が立ち込めてきた。

「やはり、この辺りだ……」

とうちゃんは辺りを見回した。

潮の流れが始まって、舟を漕がなくても舟は霧の中を進んで行く。

「とうちゃん、あそこ！」

リオンが指さした。

次第に大きな島か陸地が、霧の中を見え隠れしてきた。

そしてついに、岸辺に辿り着いた。

みんなで舟を引き上げた。

荷物を持って、陸地を上がって行った。

すると、上の方から人々が下りてきた。

「大丈夫ですか？」

「手伝いましょうか？」

「ありがとう！」

「親切そうな人たちで、良かった！」

みんな、手に手に荷物を運んでくれた。


村の人たちは、村長の所へリオンの家族を連れて行った。村長も村の人たちも、穏やかな人たちだった。

「よく、この島へ来られましたな。ここら辺は潮の流れも速くて霧が出やすいのでな。中々人の目には触れられない島なんじゃよ。わしらは霧島《きりしま》と呼んどるよ」

とうちゃんは、今までの話をした。

「それは気の毒なことでしたなあ。この村で良ければ、空いている家もありますから、そこを使ってください」

「それは、ありがとうございます！」


その家の前には土地もあったので、畑を作ったりすることができた。

寒さに備えて、森から枯れ木も拾って集めておいた。

リオンとサリャンも手伝った。

「この村は、いい人ばかりだねえ。」

リオンが言うと、サリャンも頷いた。

「なんだか、ホッとしたわ」


子供たちもいたので、いっしょに遊べた。

かあちゃんも、かあちゃん仲間と話が弾んだ。

とうちゃんは漁師なので、漁をする人たちの話の輪に入った。

「この辺は、舟を出すのは中々危険だよ。我々は、磯釣りや岩場に行って、魚を釣っているんだ。磯で網を投げても捕れるよ。この島の周りには魚がたくさんいるからな」

野菜を作っている人からも話を聞いた。

「この島は土が良くてな、野菜が何でもできる。森では、木の実や果物がたくさん採れるんだよ」

「へえ、いい土地ですねえ」

とうちゃんのアントニオは、野菜畑を見て回った。

「あれ？　ここには大根と赤シソがないな」

アントニオは、村長の所へ行った。

「村長、この村には大根と赤シソが見当たりませんが」

村長は小首をかしげた。

「それはどういったものだね？」

「大根は、こんな小さい種からこんなに大きくなる野菜ですよ。白い根のような感じです。擂《す》ったり、煮てもうまい。赤シソと漬け物にするときれいで、この大根の漬け物を作っておけば、一年中食べられますよ」

「それは重宝なものだのう」

「私は種を持っているので、大根と赤シソを植えてみましょうか?」

「そうか! それはありがたい! ぜひ頼む」

アントニオは村人たちと畑を耕して、大根の種と赤シソの種を植えた。

秋になると、大きな大根と赤シソができた。

かあちゃんのミシェルは、みんなに料理法を教えた。

大根を煮たり、大根おろしにしたり、余ったら干して漬け物にする。赤シソも干して乾燥したら、葉をもむと〈ゆかり〉という、ふりかけのようになる。

大根とゆかりを塩で漬けると、きれいな赤い漬け物のできあがりだ。

赤シソはサラダにも他の料理の薬味づけになって、風味が良くなった。あとは、薬味に、ミョウガ、生姜、ニンニクも植えた。

アントニオの家族は、霧島の人々にとても感謝された。

「いやいや、みなさんが親切にしてくれたおかげですよ」


ある日、村の半鐘が激しく鳴った。

「海賊だ! 海賊が来たぞ!」

霧島の人々は穏やかな人々だ。武器も持っていない。みんなただ逃げまどうばかりだった。

アントニオたちは、急いで舟に乗って漕ぎだした。

行くあてとてないが、潮の流れが舟をどんどん、島から離していった。

## 3 奇岩島

どのくらい、漂ったのだろうか。

リオンたちの乗った舟は、見知らぬ島、あるいは陸地に着いた。

そこは、鋭い大きな岩が山のようにいくつもあった。

「ずいぶん、すごい岩山があるね」

リオンが言うと、妹のサリャンも眺めながら言った。

「登るには、ちょっと急かなあ」

みんなで、舟をつけると、中の方へ歩いて行った。するとと住民が出て来たが、霧島の人たちとは違う表情をしている。

「お前ら！　こっちへ来い！」

彼らは険しい表情でアントニオたちを怒鳴りつけた。

そしてリオンたちは、捕らえられてしまった。

「何をするんだ！」

「うるさい！　こっちへ来い！」


連れて行かれた先で、リオンたちが目にしたものは……。

女たちは重労働で汗を流しており、男はちゃらんぽらんと遊んでいた。

「な、何だ？　これは、いったい……」

アントニオが驚いたのもつかのま、ミシェルとサリャンだけが連れて行かれてしまった。

「女は、奴隷だ！　働け！」

そう言うと男は、ミシェルやサリャンも無理やり働かせようとしていた。

「おい！　やめろ！」

アントニオやリオンは止めようとしたが、無駄だった。

「いったい、ここは、どうなってるんだ！」

「とうちゃん、ここは奇岩島《きがんじま》…という島らしいよ。さっきここにいた人が言ってたよ。でも島の反対側に行くと、この反対になっているんだって」

「反対というと？」

「男が奴隷で、女がパヤパヤしてるんだって」

「なんだ、そのパヤパヤって？」

「なんにもしてないのさ」

とうちゃんは頭をかいた。

「ちゃらんぽらんだの、パヤパヤだの、いったい何なんだ！」

すると、そばを通りかかった男が、教えてくれた。

「昔、男と女が、互いにどっちが偉いかということになって、ついに戦争になったんだ。両方とも自分たちの方が偉いと言って引き下がらなかった」

するとリオンが言った。

「おれ、とうちゃんと、かあちゃんのどっちが偉いかと聞かれても、それはどっちも偉いと思うよ。みんな、そう思わないのかなあ」

「この島の人たちはおかしいよ。男と女が協力し合わなきゃ、世の中は成り立たんのだ。ああ、ミシェルとサリャンが心配だ」

何日かたつと、ミシェルとサリャンは慣れない仕事に疲れ果てて、よろよろと歩いていた。

リオンは岩山を見つめていた。

「こんな岩山なんか、噴火しちまえばいいのに！　そうしたら、かあちゃんとサリャンも逃げられるのにさ」

リオンは石つぶてを握りしめると、思いっきり岩山に投げつけた。すると……たまたまか、偶然か……地面がグラグラと揺れ始めた。

「え？」

ドドド……ドッカーーーン!!

「な、なんだ？」

岩山がまさに噴火し出した！

「うわーっ！」

「きゃーっ！」

こうなったら男も女もない。

みんなそろって逃げ出した。

その時だ。けたたましい大きな鳥の鳴き声が、あたりをつんざいた。

炎に包まれた鳥だ！　岩山の噴火口から出て来た。

「あっ！　あれは〝火の鳥〟だ！」

みんな口々に叫んだ。

火の鳥……不死鳥は、炎に包まれた羽をはばたかせて舞い上がった。

リオンの頭上まで飛んできて、リオンの顔を見た。

「あなたが、わたしを目覚めさせてくれたのです。わたしは、中々生まれる決意ができませんでした。最後のひと押し、それをあなたがやってくれたのです。ありがとう、リオン」

「ぼくの名前を知ってるの？」

火の鳥は、そのまま海の彼方へと飛んで行った。火の粉を舞い散らしながら。

「リオーン！」

「あっ、とうちゃん！」

「ここは、危険だ！　舟に乗れ！」

家族は舟に乗って、噴火している島を離れた。

## 4 老人の島

「危ないところだったね。」

サリャンは、モクモクと、煙を吐き、溶岩をまき散らす奇岩島を見ている。

「でも、凄い物を見たな。」

「そうね。噴火だけでも、凄いのに、そこから飛び出してくる〝火の鳥〟なんて、初めて見たわ！」

かあちゃんも感動していた。

「とても美しかったわ」

とうちゃんも舟を漕《こ》ぎながら頷いた。

「火の中から、生まれるなんてなあ……」

しばらく舟を進めて行くと、森の生い繁った島があった。アントニオ一家の名字はクレイグと言った。とうちゃんはアントニオ・クレイグ、かあちゃんはミシェル・クレイグという具合いだ。

とにかく、クレイグ一家は、その森の島へと入って行った。

すると森の木と木の間に、老人がポツリ、ポツリと何人も座っているではないか。

「あのう、どうされたんですか？」

とうちゃんが聞いた。

すると老人は、あきらめきったような顔をして答えた。

「ワシらは、ただ死ぬのを待っているだけなんじゃ……」

「えっ？　どうしてですか？」

すると、老人は悲しげな顔をした。

「ワシらが年取ってもう働けないというので、息子や娘たちに、この島へ捨てられたのだよ」

「な、なんですって！」

アントニオは驚いた。

ミシェルも歩み寄って来た。

「そんな、ひどい！」

サリャンも来た。

「私のおじいちゃんとおばあちゃんは、もう天国へ行ってしまったけど、おじいちゃんとおばあちゃんは、大切にしないといけないと思うわ」

「サリャンの言う通りだよ。」

リオンも頷いた。

アントニオは周りを見回した。

「おじいさんとおばあさん！　ただ死ぬのをじっと待っていたりしてはいけません！果物や木の実を集めて食料にして、畑も作りましょう！」

ミシェルも声をかけた。

「人生はこれからですよ！」

「そうだよ、おじいちゃんとおばあちゃん、ほら立ち上がって！」

サリャンは手を引っぱった。

リオンが水をくんできて一人一人に飲ませた。

「ふはーっ、なんだか生き返った気分だ」

「おじいさん、そうですよ。これからです、まだまだですよ！」

リオンのような若い男の子に言われて、おじいさんもすっかり嬉しくなってしまった。

サリャンは、おばあさんの髪に花を飾って、首にも花の首飾りをかけてやった。

「わあ、おばあさんきれい！」

ミシェルも、花飾りを付けたおばあさんを見た。

「まあ、おばあさんには見えないわ」

おばあさんは、すっかり気分も若返って喜んだ。

「そう？　ありがとう！」


クレイグ家族は、森の木の実や果物を集めて、おじいさんやおばあさんに食べさせた。泉の水を飲ませて、川のせせらぎで体をきれいにしたら、老人たちはもはや老人ではなくなった。元気がみなぎってきたのだ。

おじいさんやおばあさんは、クレイグ一家と一緒に木の実を集めたり、果物を取って来るようになった。服も洗濯してきれいにした。

最初は髪の毛も、ミシェルとサリャンが整えてやったが、生きる希望を持ったお年寄りたちは、自分で髪の毛もきれいにするようになった。

みんなで、畑を作った。

ジャガイモを植えたり、ネギを植えたり……。

実は、おじいさんもおばあさんも、さまざまな特技を持っていたのだ。

クレイグ一家も、教えてもらうことがたくさんあった。


そうこうしているある日、島にお客がやって来た。

それは、おじいさんやおばあさんの孫たちだった。

「おや！　よく来たね！」

孫たちは駆け寄ってきた。

「おじいちゃん、おばあちゃん、会いたかったよォ！」

みんな抱き合って泣いた。

両親は忙しくしていたので、いつもおじいちゃんとおばあちゃんが、面倒を見てくれていた。それなのに突然いなくなった。それも別の島に捨てたという。孫たちは悲しんだ。それで、大きい子が舟を漕いで、孫たちが、おじいちゃん、おばあちゃんに会いにやって来たというのだ。

「おじいちゃんも、おばあちゃんも、きれいになったね」

「可愛くなったねえ」

孫たちは、久々に会えて喜んでいる。

「あっ、とうちゃんとかあちゃんが来た！」

子どもを追いかけて、親が島に上がって来た。

「お前たち、何をやってるんだ！」

子どもたちは立ち上がった。

「ぼくたちは帰らないぞ！」

「じいちゃんと、ばあちゃんを返せ！」

すると親たちはいきり立った。

「なんだと！　さっさと家に帰るんだ！」

力ずくで連れ帰ろうと、子どもたちの腕を引っぱった。

「やめろ！」

子どもが叫んだ。

アントニオが立ち上がった。

「みんな、やめなさい！　あなたたちがやったことが、おじいさん、おばあさんだけでなく、子どもたちまで傷つけたんです！」

ミシェルも叫んだ。

「あなたたちがやったことと同じことを、子どもたちもやっていいんですか？」

親たちはハッとした。しかし、子どもたちの手を引くのをやめなかった。

「うるさい！　お前らに関係ない！」

サリャンが走り出た。

「私たち子どもは、親の真似をするものよ！」

リオンも言った。

「あんたたちも、いずれここに捨てられても文句は言えないぞ！」

その時おばあさんが出て来て、息子の頬《ほお》を叩いた。

「この、バカ者！」

他のおじいさんも、息子や娘をたたいた。

「今まで、可愛がって育てたのに、このざまはなんだ！」

「ここまで大きくなれたのは、誰のおかげだと思ってるんだ！　お前らの頭は腐った卵でできとるのか⁉」

「この、できそこないめ！」

今までの怒りが爆発した。

おじいさんとおばあさんは、孫の手を握った。

「ワシらは、ワシらの家に帰る。息子も娘も気に入らなければ、とっとと出て行け！

ワシらの家だぞ！」
息子や娘たちは、ガックリとうなだれた。
こうして、お年寄りたちは、自分たちの家に帰って行った。
クレイグ一家は、そのまま畑を作ったり漁をしたりして、暮らすことにした。
孫たちが時々遊びに来た。

## 5 鐘が響く

ある日、クレイグ一家は、森の奥の岩の上に古ぼけた鐘があるのを発見した。

「こんな所に鐘が……？」

サリャンとリオンは身軽に岩を登ると、二人で鐘を鳴らしてみた。


カーーーン!!

カーーーン!!

カーーーン!!


古ぼけたその鐘は、なぜか真新しい音を出した。

すると、どうだろう！

薄い灰色の空がみるみるうちに、透き通った青い色に輝き渡った。

鐘は、ずっとそのまま何もせずとも鳴り続けていた。

すると空の彼方から、あの火の鳥が飛んで来た！

「皆さん、お久しぶりです！　この古ぼけた鐘が鳴る時、世界中が目を覚まし、暗い悪の世が終わり、まるで皆、夢から覚めたようになります。悪人も善人になり、悪さをやめて良い行いをするようになります。

理不尽な世の中は終わり、皆、元の場所に戻ります。これから夜が明けるように、良い行いをする人たちの、栄える世の中が来るのですよ!!」

火の鳥はそう言うと、嬉しそうに頭上を飛び回った。

「それは本当なの?!」

みんな抱き合って喜んだり、バンザイしたりしている。

世界中の人間も動物も植物さえも、目が覚めたようになって不思議な気分になり、仲良くなり、協力し合い、そして幸福な気持ちになった。


〈終〉

# 新しい旅立ちの日

恋愛というものには、年齢があるのだろうか？
もう還暦も過ぎ、夫と死別し、子供もいない独り身の女性サチは毎日、自分の為に家事をし、人生百年時代を迎え、これからどうやって生きていったら良いのか、ふと考えるようになっていた。
専業主婦だった為、今さらどこか働き口といっても中々……趣味はいくつかあったが、これからは一人で生きてゆかなくてはならない。

とりあえず、今日はサークルで習っている、〝ベリーダンス〟――オリエンタルダンスとも言うが、老人ホームへ仲間たちと慰問に行く日だ。

みんなでガヤガヤと着替えを済ますと、お年寄りたちの前で音楽に合わせ、軽やかにダンスを披露し始めた。車椅子を押すスタッフの人たちの他に、今日は学生などのボランティアの人たちも来ている。

その中に、髪はボサボサで古ぼけたジーンズをはいた男子学生もいた。

サチはベリーダンスを踊りながら、その学生と目が合った。

なぜか彼はサチをじっと見ている。

（誰か知り合いだったかしら？……）


着替えを終えて帰る時、その男子学生が玄関で待っていた。

「あの……今日はありがとうございました。もしよろしかったら、お茶をご一緒していただけませんか？」

「え？　あ、はい」

サチは、ボランティアの人たちとお茶を飲みに出掛けるのだと思って、気軽に返事をした。


喫茶店に案内されて席に着くと、学生と自分の二人だけなのに気が付いた。

彼の名前は信也《しんや》。大学生で、今日はボランティアで来ていたとの事。なぜか、サチの事が気にかかって誘ったのだという。サチも、青年の純朴そうな感じが気になっていた。

それからは時々会うようになり、サチの家で一緒にお茶を飲んだり、ご飯を食べるようになった。信也も料理はできた。自炊しているのでできるようになったという。


ある日のこと、信也がプロポーズしてきたのでサチは面食らった。

「け、結婚って、何言ってるの。いくつ離れてると思ってるのよ！」

しかし、信也の決意は固いようだった。

しかしサチは、友人たちにも反対された。

「な、何を馬鹿なこと言ってるの！　財産目当てに決まってるでしょ！」

「財産なんてないわよ」

「それはそうね」

「何、納得してるのよ！」

それでも文句を言いたい友人たちは、

「それに、あんなボサボサ兄ちゃん」

と言うのも忘れなかった。

信也の方も、友人たちに馬鹿にされた。その中の女友達は、サチの家を調べて怒鳴り込んで来た。

「こんなバアさんが、何言ってるのよ!!」

気の強いサチも頭にきてやり返してやった。

「若けりゃいいっていうもんじゃないのよ！」


そうこうしているうちに、あの、歴史に残る大地震……東日本大震災が起きてしまった。サチが住む家も、最初は小さい揺れが来て、十五分ほどすると、いきなり大きい横揺れが来た。かと思うと、今度は大きく縦に揺れた。横揺れも縦揺れもいっぺんだ！

「な、何!?　これ!!」

体験したことのない揺れに、サチは一人で何かに掴まりながら必死に耐えるだけだった。

ガチャガチャ!!　と物が落ちたり倒れたり大変な事だ！

食器は、戸棚から吹き飛んで来る！

揺れが収まると、次の揺れに怯えながらも辺りを見回した。高い所に置いてあった植木鉢が廊下に落ちて、泥だらけでまるで外のようだ。

水も出ない、電気も点かない、ガスも止まった！

落ちて割れた食器を踏んで怪我をしそうになって、歩くこともできない……その上、たった一人ぼっち……茫然自失となったそんな時、思い浮かべるのは、ただ一人の人だった……どのくらい時間が経ったのだろうか。誰かが家の中に入って来た。

声が聞こえた。信也の声だ。

一気にサチは、恐怖で抑え込んでいた感情が爆発した。信也は、怪我をしているうえに、地震による津波でグショグショに濡れそぼっていたのに、なぜか怒鳴りつけてしまった。

「なぜ来たの!!　危ないでしょ!!」

信也をニランでしまった。

しかし、信也にしっかり抱きしめられると、サチは子供のように、ワンワンと泣いてしまった……。信也は一生懸命大きい声で言った。

「もう、離れないよ！　ずっと一緒にいるからね！」

サチは、声も聞こえないのか、ただ大泣きしていた。

この大地震で、津波、火事、原子力発電所の事故などなど、多くが重なって大惨事となり、無数の尊い命が犠牲となった。まるで信じられない出来事が起こった。

こうした災害の中で、二人は一緒に暮らし始めた。

徐々に水や電気も復旧して、壁紙の破れた所には、ガムテープなどを貼り付けて当面を凌いだ。

信也は、狭い庭に野菜の種を蒔いたり、フルーツの木を植えたりした。いくらかでも、食料の足しにしようと考えたのだろう。

そして不思議なことに、サチは少しずつ若返っていった。

サチはコンピューターが得意じゃないので、信也に聞いてみた。サチが描きためた絵が、ネット・オークションなどで売れないかと。

サチの描いた絵は、人気が出て高値で売れた。編み物もよくしていたので、それも出してみたところ、やはり高値で売れた。

信也も、家のデザインなどの公募に応募したところ賞を取るなど、二人一緒にいるといい事が増えていった。

そしてなんと、若返ったサチには、子供も、女の子、男の子と二人生まれて、この子たちが大学を卒業して社会人となり、夫婦は世界中様々な所へ旅行へ出かけては、二人の人生を楽しんだ。

ある朝、子供たちが、起きて来ない両親を見に行くと……。

サチと信也は、仲良く一緒の布団に寝て息絶えていた。なんと、二人同じ日、同じ時刻に亡くなったのだ。

二人寄り添って、まるで生きているようで、

「今からまた、世界旅行に行って来ます」

とでも言っているようで、子供たち、と言ってももう立派な大人だが、呆気に取られて涙も出なかった。そのくらい二人は、生きているように幸せそうに見えたから。

こうしてサチと信也は、また新しい旅立ちをしたのだ。

清々しい朝日が、二人を見守るように暖かく照らしていた……。

〈終〉

**著者プロフィール**

**竹本 けい**（たけもと けい）

三女三男の母、北海道出身、趣味多数。

【著作】

『スーパー親子♥ナオミ&レイ』（文芸社 2020年）

『いろは夢物語』（文芸社 2021年）

**風の乙姫**

2023年４月15日　初版第１刷発行

著　者　竹本 けい

発行者　瓜谷 綱延

発行所　株式会社文芸社

〒160-0022　東京都新宿区新宿1－10－1

電話　03-5369-3060（代表）

03-5369-2299（販売）

印刷所　株式会社フクイン



ISBN978-4-286-30080-1